제3회 한국과학문학상 수상작품집

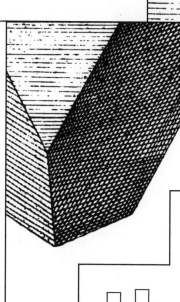

제3회 한국과학문학상 수상작품집

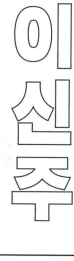

이신주

한 번

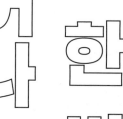

태어나는

사람들

허블

차
례

일러두기

대상 수상작 이신주의 「단일성 정체감 장애와 그들을 이해하는 방법」은 작가와 협의하여,
작품 제목을 「한 번 태어나는 사람들」로 변경했습니다.

제3회 한국과학문학상

심사경위

심사평

수상소감

심사위원

박상준 · 김보영 · 김창규 · 정보라 · 정소연

과학문학의 신예 작가를 발굴하는 '한국과학문학상'은 머니투데이 주최로 2016년 첫 공모를 시작했으며 올해로 3회째를 맞이했다. 제3회 한국과학문학상에선 장편 부문에서 대상 1편, 중단편 부문에서 대상 1편, 우수상 1편, 그리고 가작 3편을 선정해 총 2,500만 원의 상금을 수여했다. 5명의 심사위원이 예심과 본심을 거쳐 심사했으며, 최종 수상작이 선정될 때까지 이름, 성별, 직업 등 모든 정보를 비공개로 진행했다. 2019년 제4회 한국과학문학상도 예년과 같이 장편과 중단편 부문의 과학문학을 공모할 예정이다. 한국 과학문학의 새로운 지평을 열어갈 의지와 역량 있는 분들의 많은 관심과 응모 바란다.

박상준 _서울SF아카이브 대표

한국과학문학상이 3회째를 맞았다. 중단편 부문만 공모했던 첫해에 예상을 뛰어넘는 300편의 응모작이 들어와 즐거운 비명을 지르며 심사했던 기억이 새롭다.

장편 부문이 추가로 신설된 작년 2회 때는 총 응모작 수가 220편으로 줄었지만 응모작들의 전반적인 수준은 올라갔고, 특히 장편 및 중단편 부문 대상에 각각 앞날이 기대되는 역량 있는 신인 작가를 배출하는 뿌듯한 결과를 냈다.

이번 3회 공모에 응모한 작품은 작년보다 상당히 늘어난 280편이다. 장편까지 감안하면 응모 열기는 점점 뜨거워지는 셈이다. 이번에 중단편 부문은 응모작들의 수준이 작년보다도 더 상향평준화한 경향을 보여 고무적이었다.

중단편 부문은 본심에서 상당한 토론이 이어졌다. 대상과 우수상, 가작 3편까지 총 5편의 수상작을 골라야 했지만 심사위원진이 1차로 가려 뽑은 작품은 8편이었다. 이야기의 발상부터 문장까지 모든 면에서 돋보였던 「한 번 태어나는 사람들」에 대상을 주는 것에는 비교적 수월하게 합의했고, 그다음으로 「개와는 같이 살 수 없다」를 우수상 수상작으로 정하는 과정도 길지 않았다. 그러나 나머지 6편의 작품 중에서 가작 3편을 고르기는 무척 까다로웠다.

결국 드라마틱한 논의 끝에 심사위원 5명의 다득표로 「소년 시절」, 「웬델른」, 「두 개의 바나나에 관하여」가 입상권에 들었고, 「지구에 남은 마지막 라일락 향기」, 「스트럴드블럭」, 「하늘에도 거미가 있다」는 애석하게 탈락했다. 만약 심사위원진 구성이 달랐다면 결과도 달랐을 가능성이 있다.

게다가 일부 심사위원들은 예심에서 떨어뜨리긴 했지만 아까운 응모작들이 몇 있다는 사실을 언급하기도 했다. 따라서 이번에 입상하지 못한 응모자들은 절대로 실망하지 말고 꾸준히 정진해서 빛을 보기 바란다.

최근 몇 년 사이 괄목할 정도로 넓어진 우리나라 창작 SF의 저변에서 한국과학문학상은 든든한 지주 역할을 맡고 있다. 이번에 새롭게 탄생한 작가분들에게 진심으로 축하와 응원을 보내며, 앞

으로 모든 편향을 걷어내고 세계와 우주 안에서 휴머니티의 의미
를 탐구하는 SF의 길에 멋진 동반자로 함께하기를 기원한다.

김보영 _소설가

작년에 비해 투고작들의 수준이 전반적으로 크게 올랐다. 공모
전의 이름이 알려지고 그 성과가 유의미하게 나왔기 때문이려니
한다. 작품의 소재도 다양해졌고, 대부분 완성도의 차이가 있을 뿐
평범하게 소설이었다. 분노와 혐오를 정의라 믿고 설파하는 글이
없었다고는 말할 수 없지만, 확연히 줄어든 것만으로도 행복했다.

작품의 전체적인 수준이 올랐다는 것은 투고자들에게는 부담
스러운 일일 수 있겠지만, 상의 권위는 그만큼 오른다는 뜻이다.
SF로 수상한 경력만 없으면 기존에 SF를 쓰던 작가도 데뷔 2년 이
내에는 도전해볼 수 있는 상이니, 지금 좋은 결과가 없었던 분들
도 계속 도전해보시기를 권한다.

우리가 이미 고전 SF 작가들이 상상한 미래에 살고 있다는 사실을 이해할 필요가 있다. 로봇은 이미 있으니 당신이 창조한 미래인이 로봇의 아버지가 될 가능성은 별로 없다. 우주 진출도 오래전부터 했으니 역시 당신이 창조한 미래인이 그 일의 선구자가 될 가능성도 별로 없다. 그 외에 보통 사람들이 상상하는 많은 미래기술이 이미 있거나 연구가 웬만큼 진행되었다고 생각하는 편이 좋다.

그러니 뭘 만드는 장면은 넘어가는 편이 좋다. 흥미롭지도 않을뿐더러 본인이 그 연구의 최전선에 있지 않은 이상 초보적인 실수를 할 가능성이 너무 높다. 지구에서 우주선을 만들며 시작하기보다는 우주 한가운데에서 이야기를 시작하시라.

박사님이 가상세계를 만드는 장면은 넘기고 가상세계 한가운데에서 시작하시라. 스마트폰을 만드는 스티브 잡스의 성공담을 다루기보다는 일상에서 스마트폰을 쓰는 보통 사람을 보여주시라. 그 편이 훨씬 더 소설적이다.

장편 투고작은 웹소설의 유행 덕인지 단행본보다는 연재소설에 가까운 작품들이 눈에 띄었다. 소설에 많은 것을 담으려다 보면 아무것도 담지 못한다. 말하자면, 하나의 소설은 하나의 이야기만으로도 벅차다. 1,000매 정도의 소설은 장편이라 해도 단편의 구조를 생각하며 쓰는 편이 좋다.

외국인은 많이 줄었지만 대신 이름 없는 인물이 늘었다. '남자', '여자'의 이름은 아무것도 말해주지 않는다. 알파벳 약어의 이름도 혼란을 준다. 자신의 인물들에게 적절한 이름을 주기 바란다.

이런 말들은 작년보다 열 걸음은 앞으로 나아간 말들이다. 기쁜 일이다.

대상인 「한 번 태어나는 사람들」은 인격에 대한 관점이 우리와 다른 세계의 의학 보고서를 통해, 정상과 비정상성에 대해 다시 생각해보게 하는 소설이다. 우수상과 장단점이 달라 경합을 벌였으나, 독특한 시선과 안정적인 서술이 돋보여 대상으로 선정되었다.

우수작인 「개와는 같이 살 수 없다」의 소재와 결말은 어쩌면 전형적이라면 전형적일 수 있겠지만, 방주가 선택하는 기준을 상상하기 어렵게 하는 소설적 장치들이 있어 계속 흥미진진하게 읽을 수 있었다. 큰 세계관 안에서 작은 것에 집중하면서 압축적으로 이야기를 구성한 점이 훌륭했다.

가작 또한 상당한 경합을 벌인 끝에 선정되었다. 「웬델른」은 중간의 반전이 감각적이었고 갇혀 있는 주인공과 공간 이동을 하는 외계 생물과의 만남이 감동을 주며, 도시빈민 혹은 장애인이 애완동물과 만나 구원받는 서사를 떠올리게 했다. 우수작과 마찬가지로 더 많은 이야기가 있을 법한 세계관 안에서 작은 장면을 조명하는 구조가 좋았다.

「소년 시절」은 아이들의 글을 심사하는 선생님의 시선으로, 왕따와 학교폭력을 장르적으로 풀어낸 소설이다. 필력과 구성이 안정적이었고 아이들이 체험하는 소외감을 외계인이라는 소재에 빗대어 보여준 좋은 작품이다.

「두 개의 바나나에 관하여」는 인류의 환상적 진화를 다룬 작품으로, 무성생식이라는 소재를 통해 임신과 생식, 가족에 대해 생각하게 했다. 분열이 급격히 번져가는 결말은 비약이 커서 잘 쌓아온 소설을 가볍게 풀어버리는 기분은 있었지만, 장르적으로는 유쾌했다.

다음은 최종심까지 경합을 벌인 작품들이다. 「지구에 남은 마지막 라일락 향기」는 보호복을 입어야만 살 수 있는 세상을 무대로, 서로 사랑하지만 닿지 못하는 사람들의 마음을 실감 나게 그린 작품이었다. 예상할 수 있는 결말과 전개는 단점이었지만 무난하게 재미있는 소설이었다.

「스트럴드블럭」은 영생을 사는 사람들을 돌보는 사람의 시선을 통해 노인문제와 세대 간의 단절을 생각하게 하는 소설이었다. 주인공이 미래에 홀로 남아 자신이 돌보던 사람과 같은 처지가 되는 결말에 잔잔한 감동이 있었다. 초반이 다소 늘어지고 글쓰기 훈련이 덜 된 단점이 보였지만, 기술적인 문제이므로 곧 성장할 수 있으리라 본다.

「하늘에도 거미가 있다」는 크툴루 세계관(러브크래프트가 만든 세계관으로 세상 어딘가에 밝혀지지 않은 미지의 생물이나 악신이 산다는 상상에 기초)을 연상시키는 소설로, 대기권에 가상의 생태계가 있다는 음모론을 현실로 가져오는 반전이 좋았다. 하지만 고체에 닿으면 죽는 생물이 사람을 먹고 공격하고 게다가 멸망시킬 가능성이 있을까 싶다. 그 지점의 논리가 허술해 결말의 설득력이 약했다.

내가 본심에 올린 작품은 「개와는 같이 살 수 없다」, 「웬델른」, 「스트럴드블럭」, 「우주탐사선 베르티아」였는데, 「우주탐사선 베르티아」는 문장과 필력이 좋았고 꼼꼼한 세계관이 돋보였지만 세계의 비밀을 밝혀내는 지점에서 가설을 가설로 증명하는 논리의 비약이 있었고, 결말이 과한 편이었다.

그 외에 예심작 중 인상적이었지만 본심에 올리지 못한 소설을 간단히 평하자면, 「너머에」는 발달장애 아이를 기르는 어머니의 마음을 절실하게 표현한 작품으로 현실적인 감동이 컸다. 단지 현실에서 비현실로 넘어가는 지점이 부자연스러웠고 긴 서두에 비해 결말이 짧고 모호했다. 이 소설은 일반 소설로 더 좋은 평가를 받을 수 있으리라 본다. 「산사의 하루」도 장르적인 요소는 적었지만 고즈넉한 분위기가 좋았다. 중간에 로봇이 사연을 말하는 부분이 급박해 리듬이 무너졌는데, 그 부분이 자연스러웠으면 좋았을 것이다.

좋은 작품이 많았기에 작가들에게 격려가 되기를 빌며 가능한 많은 작품을 언급했다. 다음 공모전에 다시 도전해주시거나, 그러지 않더라도 다양한 곳에서 좋은 작가로서 활동하기를 빈다.

김창규 _소설가

SF라는 장르를 논하기 이전에, 소설은 '살고 느끼고 생각하는' 이야기를 담는다. 또는 인물, 은유, 상황, 사건과 함께 여러 기법을 통해 어떤 삶과 감정과 사유를 떠올리게 하는 것이 소설이라 할 수 있겠다.

독자는 그 속에서 공감이 가는 요소와 의미를 찾는다. 작품 속 삶과 경험은 여러 특색을 띨 수 있고, 보통 그 특색이 장르를 결정하게 된다. 그런데 SF를 써야 한다는 의무감이 앞서다 보면 시야가 좁아져서 소설의 기본에 공을 들이기보다는 SF의 외적 특색만 내세운 결과물을 내놓을 위험이 있다.

하지만 소설이 되지 못한 글이 SF로 읽힐 가능성은 '0'에 가깝다. 하고픈 이야기가 무엇인지 결정하지도 않고 소설을 쓸 가능성 또한 '0'이나 다름없다. 따라서 심사를 진행하는 첫 단계는 기본을 갖춘 투고작을 가리는 일이다. SF를 고르기 전에 소설이라 보기 어려운 글부터 솎는다는 뜻이다.

어법이 무너진 글, 누구도 공감하기 힘들고 극단적인 사상을 피력하는 글, 선정성이나 묘사에 치중해 이야기가 갈 길을 잃은 글, 비인도적이거나 시대에 완전히 역행하는 글, 특정 종교의 세계관을 제시하는 것만이 목적인 글, 소설 장치도 아닌 비속어를 남용하거나 작가의 이유 없는 분노만으로 점철된 글 등이 이 단계에서 제외됐다. 그 수가 적지 않았던 점이 가슴 아프다.

그다음 단계로 진출한 응모작들의 수준이 고르게 향상된 것은 제3회 한국과학문학상 공모전의 특징이다. 장편과 중단편을 간단히 비교할 수는 없지만, 중단편 부문에 상대적으로 우수한 작품이 많았다. 그 덕분에 중단편 수상작을 선정하기까지 더 오랜 논의가 있었다.

수상에 이르진 못했지만 본심에 진출한 응모자들 가운데 많은 분이 다른 기회, 다른 장르에서 충분히 작가로 올라설 힘을 갖고 있었다. 낙담하지 말고 조금만 더 힘내시라 응원하고 싶다.

총평에서 언급했듯 중단편은 작품들이 고루 일정 수준 이상에 도달했다. 먼저 수상에 이르지 못한 후보작 가운데 「하늘에도 거미가 있다」는 소설이라는 틀만 놓고 보면 나무랄 데가 없었으나 생명체의 특징과 결말이 모순된다는 흠결이 컸다. SF는 내적 개연성을 중시하는 장르이기 때문에 더욱 그렇다.

「지구에 남은 마지막 라일락 향기」는 크게 모자라는 곳이 없고 인물의 대사와 장르 특징을 활용하는 실력이 뛰어났으나 중심이 되어야 할 갈등이 너무 약해 깊은 인상을 주지 못했다.

가작 「소년 시절」은 필력이 좋고, 일반 문학이나 청소년 소설에서 종종 접할 수 있는 진행을 선택해 안정적인 작품이었다. 다만 그 선택으로 인해 이야기의 끝이 일찌감치 예상된다는 아쉬움이 있었다.

「웬델른」은 '작은 글로 먼 곳을 본다'라는, SF 단편소설의 장점을 잘 이용한 작품이다. 2018년에 사는 독자가 금세 공감할 수 있는 감성과 외계 생명체를 탄탄히 잘 엮은 점, 작가가 처음부터 의도했던 이야기의 초점을 끝까지 잘 유지했다는 점이 돋보였다.

「두 개의 바나나에 관하여」는 무엇보다도 SF를 쓰려는 분들이 흔히 갖기 쉬운 통념을 깨줄 수 있는 작품이다. 끝을 모르고 날아가는 결말은 단점으로 작용할 수 있지만 SF가 다채롭다는 사실을 잘 깨달은 작가의 작품으로 보인다.

우수상 「개와는 같이 살 수 없다」는 마지막까지 대상작과 경합했다. 지나치지 않은 반전이 적절했고, 곧장 주제에 도달하기 위해 잘 재단한 사건 진행도 훌륭했다. 굳이 흠을 찾자면 가끔 투박한 설명형 문장이 연이어 집중되는 부분에서 몰입이 가로막혀 아쉬웠다.

대상 「한 번 태어나는 사람들」은 보고서 형식을 띠고 있다. SF 소설을 습작하면서 보고서 형태를 택하는 분들은 많다. 작품 속 설정을 편히 설명할 수 있기 때문이다. 그리고 그 편리함 때문에 이야기가 옅어진다는 문제점을 잊곤 한다. 하지만 「한 번 태어나는 사람들」은 작가가 그런 위험을 충분히 인지하고, 보고서의 장점을 십분 끌어내어 발상의 역전을 효과적으로, 군더더기 없이 독자에게 전달했다.

정보라 _소설가

　예심에서는 한국어 구사, 즉 문법과 맞춤법, 어법, 적절하고 정확한 어휘 사용 여부를 우선적으로 봤다. 비속어가 곧 구어적 표현은 아니며 줄거리 전개와 분위기나 상황 묘사에 있어 비속어 없이도 다양한 감정을 전달하는 것이 문장력이다. 이와 함께 소설적인 구성, 즉 줄거리와 소재와 인물의 유기적 연결, 개연성 있는 전개와 결말, 독창적인 기법 여부를 심사의 기준으로 삼았다.

　이와 관련해 유려한 한국어의 구사 능력과 퇴고의 중요성을 말씀드리고 싶다. 문학상 공모든 혹은 다른 지면이든, 작품을 제출하기 전에 퇴고를 제대로 하는 것은 작가로서 기본 중의 기본이다. 퇴고할 때에는 편집 과정에서 문장이나 단어의 일부가 탈락하지 않았는지, 오타와 비문은 없는지를 살펴야 한다.

　예를 들어 '나름'은 부사가 아니라 의존명사이므로 '나름 유명하다' '나름 잘 했다' 등의 표현은 한국어의 문법에 어긋난다. '그 나름대로' 혹은 '자기 나름대로' 등 앞에 누구의 나름인지를 밝혀주어야 한다. 또한 목례目禮는 목으로 하는 인사가 아니고 시선을 마주치며 눈짓으로 인사를 대신하는 것이다. 작가로서 자신이 구사하는 언어의 단어 의미와 용법을 명확히 숙지하고 사용해주시기 바란다.

　마지막으로 과학문학도 문학이므로, 문학상을 수상하는 작품으로서 적절한 주제 의식을 표현하는 작품인지를 심사의 중요한 기준으로 삼았다. 전반적으로 과학소설을 쓸 때 인권 감수성과 젠더 감수성을 키우고 음모와 반전에 대한 집착을 버렸으면 한다. 문학작품이 아닌 'SF를 쓴다' 또는 'SF는 이래야 한다'라는 편견을 버리고 꼭 하고 싶은 이야기가 있기 때문에 그 이야기를 했으면 좋겠다.

중단편 부문에서는 우수한 작품들이 많아 마지막 순간까지 여러 후보작들이 치열한 경합을 벌였다. 대상을 받은「한 번 태어나는 사람들」과 우수상 수상작인「개와는 같이 살 수 없다」는 우열을 가릴 수 없을 정도로 뛰어났다.

「한 번 태어나는 사람들」은 관점의 전복이 독창적이며 이러한 관점을 마치 현실인 양 끝까지 밀고 나가며 설명하는 문장력이 탁월했다. 보고서 형식을 띠었으므로 소설로서 줄거리가 조금 부족할 수 있다고 생각했으나 전달하고자 하는 주제 의식 또한 발전적이며 진취적이라 대상 수상작으로서 손색이 없다.

「개와는 같이 살 수 없다」는 과학문학 중에선 흔하게 접할 수 있는 '포스트 아포칼립스'(인류 멸망에 대한 내용) 작품이지만 중심 등장인물(과 등장 개) 한두 명에게 초점을 맞추어 집약적이고 압축적이라는 단편 장르의 장점을 매우 잘 살려 이야기를 끌고 나간 구성력과 완성도에 감탄하며 읽었다.

가작 중「웬델른」은 웬델른의 묘사가 매우 사랑스러웠으며 작가가 자신이 창작한 세계를 확실하고 정교하게 상상했음을 알 수 있었다. 그리고 이야기가 전개되어야 할 방향으로 침착하고 정확하게 끌고 나간 작가의 필력이 돋보였다.

「소년 시절」을 읽으면서 나는 화자에게 매우 공감하여 "반에 외계인 학생이 있으시군요? 저도 있어요!"라고 생각했다. 그래서 외계인 학생이 끝까지 살아남아 세상에 변화를 일으키면 좋았을 것이라고 아쉬워했다. 「두 개의 바나나에 관하여」는 매우 무서운 이야기였으며 발상의 독창성이 대단히 돋보였고 그에 비하여 열린 결말은 단편의 결말이라기보다 더 긴 이야기의 시작에 더 걸맞아 다 읽은 뒤에 조금 혼란스러웠다.

대상부터 가작까지 수상작들 모두 감히 평을 하기보다는 그냥 감상을 말할 수밖에 없을 정도로 뛰어난 작품들이었으며 이러한 작품들을 읽고 새로운 작가들을 접할 기회를 얻게 되어 감사하다. 덧붙여 안타깝게 수상작에 오르지 못했으나 독특한 인상을 남긴 몇몇 작품에 대해 말씀드리고 싶다.

「하늘에도 거미가 있다」는 기본 소재와 발상이 참신하고 언어 구사가 정확하며 긴장감 있는 전개가 매우 훌륭했다. 「종말을 맞이하는 그들의 자세」는 SF라고 하기에는 과학적 발상의 비중이 작았으나 종말이라는 소재를 적절하게 배경에 깔고 지속적으로 끌어나가면서 남녀 주인공의 복잡한 심리를 정교하고도 섬세하게 묘사한 우수한 작품이었다.

「제보자들」은 줄거리나 발상이 독특하고 흡인력 있으나 주제

의식이 사회 전체에 대해 넓게 나가지 못하는 소품이라 수상작에서 제외됐다. 위에 언급했듯 문학상의 수상작으로는 조금 더 넓은 시야에서 명확한 메시지를 전달하려는 작품들이 선정되었음을 이해해주시기 바란다.

「날아가버리거나 녹거나 상하는 영혼들에 대하여」는 SF라기보다 인간에 대한 사색에 더 가까웠으나 독창적인 관점과 다정하고 섬세한 문장들이 매우 인상적이었다. 인물들의 배경 이야기와 작품 자체의 줄거리를 보완해 작가의 사색을 넘어선 독립된 이야기로 발전시켜보시면 좋을 것이라 생각한다.

전반적으로 우수한 작품들이 매우 많아 본심 진출작을 결정하는 데도 어려움이 있었으며 본심에서도 심사위원들 모두 치열하게 토론하고 고민하고 논의한 끝에 수상작을 결정할 수 있었다. 수상하신 작가님들께 진심으로 축하의 말씀을 전하며 앞으로도 훌륭한 과학문학 작품들을 계속 활발히 발표해 한국 과학문학의 지평을 넓혀주실 것을 기대한다.

정소연 _소설가

    이번 한국과학문학상 응모작 심사는 상당히 어려웠다. 중단편 부문 응모작들은 전반적으로 고르게 우수해 본심 대상작을 선정하는 것부터 쉽지 않았다. 중단편 부문 본심 대상작을 각 3편씩 고르기로 했으나 5명 중 4명의 심사위원이 4편을 고른 것도 이런 상향평준화 추세를 반영한 결과일 것이다.

    본심 과정에서도 낙선작과 당선작 사이의 간극이 넓지 않아 심사위원들이 여러 작품을 놓고 마지막까지 치열하게 논쟁했고, 더 많은 작품을 수상작으로 선정할 수 없다는 점을 크게 아쉬워했다.

    중단편 부문 대상 수상작 「한 번 태어나는 사람들」과 우수상 수상작 「개와는 같이 살 수 없다」는 각 심사위원이 만장일치로 대상 혹은 우수상으로 꼽은 작품들이었다. 두 작품 모두 각자의 장점이 뚜렷했다.

    SF 작가의 세계에 온 당선자들을 환영하며, 동료이자 독자로서 다음 작품을 기대한다. 심사하며 느낀 점 몇 가지를 말하고자 한다.

    첫째, 인공지능, 안드로이드, 로봇은 이미 식상한 소재다. 흔한 소재를 사용하는 것 자체가 흠은 아니지만, 남들도 다들 쓰는 소재로 남들보다 더 흥미로운 이야기를 만들기란 아주 어렵다.

    특히 공모전에 응모할 때는, 심사위원이 같은 소재로 비슷한 반전을 시도한 글 수십 편을 읽으며 어떤 느낌을 받을지 전략적으로라도 생각했으면 한다. 아예 안드로이드나 인공지능이 등장하지 않거나 흔한 소재를 정색하지 않고 다루기만 해도(달리 말해, 소재를 이용한 무리한 반전을 시도하지 않기만 해도) 괜찮아 보일 정도였다.

둘째, 비슷한 장면 묘사가 많았다. 구체적으로는 '파트너 형사나 수사관들이 수상한 빈 공간을 탐색', '연구소에서 일하는 연구자들', '아내와의 부부싸움', '낯선 여성에게 불현듯 매혹된 순간' 등이다. 이런 장면에서 여러 응모작의 기술記述이 천편일률적으로 흡사했을 뿐 아니라, 마치 다들 동일한 2차 자료를 참고한 것처럼 실재감이 결여됐다.

셋째, 제목을 신중하게 짓기를 권한다. 좋은 제목이 도무지 떠오르지 않았다면, 차라리 응모 날짜를 제목으로 하는 편이 인공지능, 사창가, 자궁 같은 단어를 제목에 쓰는 것보다는 나았을 것이다. 제목도 작품의 일부다. 다른 책, 음악, 영화 등의 제목을 그대로 사용하거나 영문 혹은 영문자를 사용한 제목도 많았는데, 한국문학에 외국어를 사용할 때에는 그 사용이 필요하거나 적절한지 다시 생각해보기를 바란다.

넷째, 존재론적 고민은 아주 오래된 근본적이고 철학적 질문이다. 무엇이 사람을 사람이게 하는가, 기계가 인간인가 아닌가, 로봇은 인간의 적인가 친구인가, 신은 존재하는가 같은 거시적 주제 외에 '소설가'로서 '소설'을 통해 달리 하고 싶은 말이 정말 하나도 없는지, 독자와 이야기하고픈 다른 질문은 없는지 더 사유하라. 절대다수의 응모작들이 이런 철학적 질문에 교조적으로 함몰돼 있었다.

다섯째, 많은 응모작에 분노가 담겨 있었다. 이는 심사위원들이 공통적으로 느낀 문제점이었다. SF의 미학은 분노가 아니라 경이감에 있다. 애당초 분노는 SF에서 가장 잘 다루어질 수 있는 감정이 아니다. 어떤 작품이 전하는 가장 강렬한 감정이 분노라면, 이는 작가가 장르를 잘못 선택한 것이다. 하물며 이유나 논리가 불명확한 거친 분노는 독자를 괴롭힐 뿐이다. SF라는 장르를 이해하고, 당신의 글을 읽는 독자를 존중하라. 창작은 화풀이의 도구가 아니고 독자는 화풀이의 상대가 아니다.

내가 선정한 본심작은 「로보티카」, 「두 개의 바나나에 관하여」, 「너를 사랑하는」, 「소년 시절」 4편이었다. 「두 개의 바나나에 관하여」는 무엇보다도, 눈에 띄게 재미있는 작품이었다. 한국과학문학상 수상작의 폭을 넓히는 작품이라는 점에 심사위원들이 두루 동의했다.

「소년 시절」은 매끄러운 청소년 SF다. 이번에 비슷한 소재의 응모작이 많았는데 그중 눈에 띄는 작품이었다. 작가가 과욕을 부리지 않고 할 수 있는 이야기를 충실히 끌어낸 점이 돋보였다. 지금 한국의 작가가 쓸 수 있고, 독자들이 공감하며 읽을 수 있는 모범적인 글이었다.

「로보티카」는 문장과 전개를 다루는 솜씨, 관계를 빚어내고 드러내는 과정이 두루 우수했다. 다만 주제와 소재 간의 관계가 너무 약해 당위성이 없다는 지적이 있었고, SF 공모전에 적합한 작품인지 자체에 심사위원 간 이견이 있어 당선에 이르지 못했다. 어떤 경로로든 곧 등단하리라 믿는다.

「너를 사랑하는」은 흔한 설정을 세련되게 끌어간 점이 돋보였다. 다만 인물이 전형적이고 관계가 평면적이었다. 글에 깊이를 부여할 방법을 고민해보기 바란다.

한편, 예심 단계에서 고민했던 다른 작품들은 「접시도둑」, 「양분리의 깊은벗 이야기」, 「이름을 붙이면」이었다. 「접시도둑」은 흥미로운 설정을 깔끔하게 잘 풀어냈고 주인공의 심리 묘사가 좋았다. 그러나 엄마가 사람이 아니라 종이인형 같았고, 아빠에 대한 심경 변화를 이해하기 어려웠으며, 무엇보다도 반전이 무의미했다. 초중반이 좋은 글인 만큼, 결말에 실은 힘을 조금 빼고 이야기에 중요한 인물에게 더 생기를 불어넣는 방향으로 손보면 한결 매력적인 작품이 될 것이다.

「양분리의 깊은벗 이야기」는 현실감 있는 배경과 체계적인 전개가 눈에 띄는 능숙한 글이었다. 그러나 로봇 친구는 SF에서 매우 낡은 소재다. 똑같은 전개를 이 글과 거의 똑같이 풀어간 글이 기성 작품은 물론이고 이번 공모전 투고작 중에서도 다수 있었다. 이 정도로 유사한 글이 많은 소재와 설정으로는 아무리 잘 써도 출판이나 수상이 쉽지 않다. 이 글의 설정과 배경을 살리되, SF를 더 많이 읽어보고 다른 소재를 시도해보면 어떨까 싶다.

「이름을 붙이면」은 매끄럽게 잘 읽히는 작품이었으나 설명이 과해 약간 지루했고, SF로서는 소설 내 과학기술, 시대상, 인물 간의 내적 정합성이 아쉬웠다.

수상자들을 거듭 축하하는 한편, 낙선자들에게 낙심하지 말라고 당부하고 싶다. 앞서 말했듯이 좋은 작품이 많아, 한국 SF의 미래를 낙관할 수 있었다.

이신주 _제3회 한국과학문학상 중단편 부문 대상 수상자

　제 이야기는 아니고 제 친구 이야기인데요. 작가가 되고 싶은데 어찌해야 할 줄 몰라서 일단 습작 딱 100개까지만 써보고 그만두자고 다짐했다고 합니다. 다짐은 함부로 하는 것이 아니라는 교훈을 얻었다네요.

　얼마 동안은 설마 에이 100개까지야 걸리겠나 싶었는데 춘하추동이 세 바퀴 저물도록 고대 무덤처럼 습작만 즐비하게 쌓여가는 와중 두 손목에 두 번의 염증, 두 차례의 통원치료 같지만 같지 않은 언제나 새롭게. 돌아다닐 동안 여전히 손가락만 빨고 있어야 했다네요. 말 그대로 뼈저린 교훈을 얻었다나 뭐라나.

　진짜 그만둬야 하나. 매몰비용으로 전락한 내 3년의 노력은 그

럼 어디에서 손해배상 신청을 과연 받아줄 것인가 번민하며 남은 작품 1편의 퇴고를 여의주를 낚아채는 이무기의 심정으로 진행하던 중 다행히 스스로와의 약속을 지키게 되었다네요. 1퍼센트라는 고무적인 성공률을 달성했으니 이제 조금씩 비율을 높여가면 다 잘될 거라고 누가 그러진 않지만 믿고 싶다고 합니다. 어쨌든 주기적으로 뭔가 배출하니까 그것을 누군가는 사줄 거라고도 또한 믿는다네요.

더불어 그래도 삶의 n분의 1 동안 글을 썼다는 방정식에서 n을 10보다 작은 양의 정수로 떨어뜨릴 때까지 컴퓨터 앞에서 떠나지 않다 보니 짚이는 게 있다는데, 쓸 게 없어도 마감을 미래 어딘가에 못 박아두면 어떻게든 쓸 거리가 나오더랍니다. 그 기간을 짧게 잡으면 엽편이나 단편이, 길게 잡으면 장편이 나오는 것 같다고 하네요. 큰 그림이 아니라 작은 화소에, 하나하나의 마감에 집중하며 끊임없이 쓰다 보니 여기까지 온 것 같다고 전해달랍니다.

한 번 태어나는 사람들

이신주

어디 가서 명함은 못 내밀어도 남이 내미는 명함은 받을 정도까지 글을 써보았으니 이제 내 명함을 파야 할 때가 왔나 생각하면서도 막상 적어 넣을 마땅한 성취가 없어 작은 종이를 화사하게 꾸며줄 내력부터 만들면 어떨까 고민해보지만 그간 가만히 앉아 글을 썼던 일밖에는 업도 적도 없은즉 내세울 마땅한 내력이 없는 까닭으로 만약 명함을 만들었다는 내력을 바로 그 명함에 기입할 시 그것은 정녕 이치에 맞는 일인가? 96년생 문예창작 전공 중.

그동안 단일성 정체감 장애는 각계각층의 부정적인 시선에 고통받아왔습니다. '편견'을 뜻하는 prejudice는 고대 그리스어의 단일성 정체감 장애 환자를 일컫던 멸칭에서 갈라져 나온 것입니다. 그 밖에도 「베니스의 상인」의 샤일록을 비롯하여 수많은 문학작품이 단일성 정체감 장애 환자를 피도 눈물도 없는 악당으로 종종 묘사하곤 했습니다.

특히 19세기 말에 간행된 『지킬 박사』의 경우 주인공이 스스로를 하나의 인격으로 만들어버린 뒤 미쳐버리는 전개를 둘러싼 논란이 현재까지도 적잖이 일고 있습니다. 우생학의 광기가 인류를 지배한 20세기, 세계인을 공포에 떨게 만든 전체주의 정권이 내건 '결손 인격 장애의 영구적인 절멸'이라는 명분하에 무고한 단일성 정체감 장애 환자들의 목숨이 위협받았음을 우리는 알고 있습니다.

그로부터 수십 년이 지났습니다. 의식의 영역을 탐사하는 것은 우리에게 그다지 낯설지 않은 일이 되었으며, 정신의학계는 단일성 정체감 장애의 존재를 공식적으로 인정하였습니다. 그러나 아직도 갈 길이 멀다고밖에 할 수 없습니다. 굳이 복잡하게 생각할 필요 없이, '단일인격자'라는 표현이 일종의 멸칭으로 통용되어 이 글에서도 꼬박꼬박 '단일성 정체감 장애 환자'라는 표현을 쓸 수밖에 없는 것이 하나의 사례가 되겠지요.

지난해 아카데미 시상식 진행자가 단일성 정체감 장애 환자 역 배우들에게 미묘한 뉘앙스의 농담을 던져 불필요한 논란을 불러일으킨 것을 우리 모두 알고 있습니다. 전 세계의 이목이 집중되는 현대 문화 산업의 중심지에서조차 그러한 일이 벌어진다는 것이 안타깝게도 우리의 현실입니다. 미디어 속 단일성 정체감 장애 환자는 하나같이 다분히 비이성적이며 충동을 조절할 능력이 부족하여, 온갖 엽기적인 사건을 서슴없이 저지르는 극악무도한 범죄자로 그려집니다. 언론은 확인할 수 없거나 되지 못한 사항을 부풀려 그들을 언제 터질지 모르는 폭탄과 같이 묘사하는 데 여념이 없지요. 또한 대중은 이를 무비판적으로 수용하여 단일성 정체감 장애 환자를 따돌리고 감추는 경직된 사회를 만드는 데 일조합니다.

단일성 정체감 장애 환자는 근본적인 면에서 우리와 같습니다. 그들은 우리와 약간 다른 방향으로 세상을 바라볼 뿐입니다. 단일성 정체감 장애를 말하면서 미디어에서의 묘사를 떠올려서는 안 됩니다. 그것은 그저 극적 재미를 위해 '만들어진' 캐릭터에 불과합니다. 또한 우리는 나와 같지 않은 사람이 '틀린' 것이 아니라 '다른' 것임을 받아들이고 이를 인정하는 것이 옳다는 것을 잘 알고 있습니다. 대다수 사회 구성원과 다르다는 이유만으로 특정 집단을 박해하는 것은, 우리의 선조들이 종종 저질렀던 끔찍한 실수를 답습하는 것이겠지요.

이 책은 단일성 정체감 장애의 일반적인 특성과 흔히 알려진 오해, 한발 더 나아가 그들과 원활한 관계를 맺기 위해 우리가 알아야 할 전반적인 사항을 폭넓게 다루고 있습니다. 모든 내용은 권위 기관에 의해 충분히 검수되었음을 알리며, 수익금의 절반은 단일성 정체감 장애 환자들의 권익 보장을 위하여 기부됩니다. 단일성 정체감 장애 지원 단체의 대표로서 그들을 대변하는 책을 한 권 더 제 서재에 들여놓을 수 있다는 것이 매우 기쁩니다. 부디 이 책이 인격의 개수와 관계없이 모두의 행복을 보장하는 걸음이 되기를 희망합니다.

– 빌리 밀리건, 하얀 의자 재단 운영위원장

*첫 번째 걸음 – 시선 맞추기

책을 펼친 여러분, 환영합니다! 단일성 정체감 장애라는 단어를 모르는 사람은 찾아보기 힘들지만, 정작 해당 질환의 자세한 특성에 대해서는 잘 알지 못하는 사람들이 많지요. 실제로 한때 단일성 정체감 장애가 특정 유전형질을 통해 발생한다는 그릇된 믿음에 힘입어 차마 입에 담을 수 없는 일들이 저질러지던 시절 또한 있었습니다. 요즘은 어떨까요? 여러분이 알고 있는 단일성 정체감 장애란 무엇인가요? 그 이름을 떠올리면 어떤 기분이 드나요? 슬프게도 긍정적인 인상보다는 반대편으로 좀 더 기운 것이 일반적이겠지요.

일반인들이 가진 단일성 정체감 장애에 대한 이미지는 단면적인 오해에 기반을 둔 것이 대부분입니다. 한번 자리 잡은 잘못된 인상이 무의식적인 차별을 불러오고, 그것이 다시금 미디어를 통해 재생산되어 오염된 인식을 확산시키게 됩니다. 단일성 정체감 장애 환자를 배척 내지 공격하는 모든 단체가 이러한 과정에서 탄생하였다고 주장하는 것은 성급한 일이지만, 분명한 과학적 근거나 충분한 통계 없이 그들의 주장을 무비판적으로 받아들이는 것 또한 지양되어야 함이 옳습니다.

혹여나 여러분이 해당 단체의 일원이거나, 그들을 지지하는 입장에 있다고 해도 문제는 없습니다. 훌륭한 텍스트의 조건에는 여러 가지가 있지만 개중 어느 것도 독자를 선별적으로 수용하라고는 이야기하지 않지요. 이 책은 결코 여러분의 가치관을 교정하기 위해 쓰인 것이 아닙니다. 그저 현재까지 분명히 밝혀진 과학적 사실에 입각하여, 단일성 정체감 장애 환자와 그들이 바라보는 세상에 대하여 이야기하고 싶을 뿐입니다.

유구한 역사를 거친 우리의 문명이란 향긋한 다인격의 열매를 맺는 나무와도 같은 것으로, 우리는 그 구성원으로서 단일하지 않은 요소가 빚어내는 음률이 얼마나 아름다운지 잘 알고 있습니다. 생각이 같지 않다는 이유로 어느 한쪽이 잘못되었다고 말하는 것은, 그러한 시각에서 그다지 성숙하지 못한 처사가 되겠지요.

독자 여러분도 잘 알다시피, 하나의 몸에는 후천적 학습 요소를 공유하는 6~10개 정도의 인격이 깃드는 것이 일반적입니다. 약간의 차이는 있을지언정 우리 사회가 그러한 다인격성에 기반을 둔다는 사실이 그 순리를 입증하지요. 최근 정신과학은 나와 남을 분명히 구분 지을 수 없는 나이에도 우리의 몸이 다인격성을 긍정한다는 것을 확인한 바 있습니다. 그들에 따르면 어린 아기들의 머릿속은 지식, 기호 등의 심리 지표들과 더불어 외부 정보가 모호한 경계를 띤 채 하나의 인격이라고 보기 힘들 정도로 섞여 있다고 합니다. 내가 어디까지 뻗어 나가는지, 어떤 특성을 가졌는지 알 수 없기에 나와 남은 물론이고 자아 또한 구분할 수 없는 것이죠.

이 단계를 거친 아이에게 일어나는 것이 바로 가치관, 지식, 자기 이미지 등 종합적 심리 특성을 갖춘 독립적인 의식, 즉 차례차례 일어나는 인격의 발현입니다. 그 자세한 과정이 아직까지는 미지의 영역에 머무를지언정, 분명한 것은 우리의 몸은 단 하나의 인격만을 위한 것이 아니며 우리 또한 어린 시절부터 그를 체득한다는 사실입니다.

그러나 단일성 정체감 장애 환자의 경우에는 이러한 지각이 불가능합니다. 그들은 어린 시절 굳어버린 특성의 덩어리가 그대로 하나의 인격으로 발현되었으므로, 애초 하나의 몸에 개별 인격 이외의 '나'가 존재할 수 있다는 사실에서부터 큰 혼란을 겪습니다. 게다가 우리 사회가 공유하는, 대부분의 다인격적 특질을 이해할 수 없다는 사실 또한 그들에게는 큰 걸림돌이 됩니다.

그렇다면 구체적으로 단일성 정체감 장애 환자는 우리와 어떻게 다른 걸까요? 그들에게 우리의 세상은 어떻게 보일까요? 그들의 눈에 비치는 사회란 어떤 모습을 하고 있을까요?

*두 번째 걸음 – 같이 걷기

우리의 마음은 세상을 향해 열린 동굴과도 같은 것입니다. 동굴에 맺힌 수증기가 바닥으로 흘러내려 웅덩이를 이루듯, 우리의 의식 또한 외부 자극을 받아들여 다양한 특성을 맺습니다. 이러한 특성이 모여 성격이 되고, 성격은 다시 수증기가 웅덩이를 만들듯 '나'라는 하나의 인격을 빚어내기에 이릅니다. 그러나 동굴 천장이 돋아난 하나의 돌출부, 이를테면 종유석 같은 것을 타고 흐르는 물방울은 웅덩이의 표면을 뒤흔들고, 종래에는 씻어낼 수 없는 흔적을 동굴 내부에 새기기 마련이지요. 한 줄기의 물방울이 빚어낸 그들의 정신은 우리의 그것과 어떻게 다를까요? 하나의 인격만을 가지고 이 사회를 살아가는 것은 어떤 기분일까요?

1) 하나의 인격과 삶의 연속성
단일성 정체감 장애 환자를 이해하기 위해서는 먼저 삶의 연속성에 대한 그들만의 독특한 감각을 알아야 할 필요가 있습니다.

그들에게 있어 인생이란 수십 년 동안 달리는 롤러코스터와도 같은 것으로, 정도의 차이는 있을지언정 그 종착역에 바퀴를 누이기 전까지는 결코 멈추지 않지요. 우리에게 있어 삶이란 다채로운 빛깔의 모자이크가 시간축을 따라 늘어선 한 편의 설치미술과도 같은 것입니다. 우리 중 누구도 온전한 하루를 통째로 겪으리라 생각지 않고, 침대에 몸을 뉜 채 눈을 감으며 그다음 날의 아침을 상상하지 않습니다. 여러 개의 주主인격 중 하나가 그 일을 대신할 것을 알기 때문이지요.

우리 모두가 알다시피 현실은 하나의 인격이 지속적으로 받아들이기에는 너무 크고 복잡한 것이지요. 그러나 단일성 정체감 장애 환자의 경우는 다릅니다. 그들은 어쩔 수 없이 하나의 온전한 삶을, 결코 늦추거나 피할 수 없는 연속적인 시간의 흐름을 오롯이 받아낼 수밖에 없습니다. 이것이 단일성 정체감 장애의 고통을 이해하기 위한 첫걸음입니다.

단일성 정체감 장애 환자는 매일 6~8시간 정도의 수면을 필요로 합니다. 일반인과 비교하는 것은 의미가 없으며, 산술적 잣대로 보더라도 하루의 3분의 1에 육박하는 시간을 가만히 누워 보낼 것을 강요받는 셈이지요. 물론 사람의 몸이라는 것이 으레 그렇듯, 시간을 정확히 지키지 못하더라도 당장 문제가 벌어지는 것은 아닙니다. 그러나 보이지 않는 곳으로부터 목재를 좀먹는 한 줌의 흰개미가 끝내 집을 송두리째 무너뜨리듯, 인간의 가장 큰 문제는 언제나 바깥이 아니라 분명히 드러나지 않는 스스로의 내면으로부터 찾아오기 마련입니다. 급속도로 누적되는 부하를 견디지 못한 단일성 정체감 장애 환자는 얼마 못 가 에틸알코올의 섭취와 같은 이상 행동을 보입니다. 그리고 이러한 단계를 거쳐 이들이 생리적 중독 증상을 보이기 시작하면 진정한 의미의 치료는 사실상 불가능합니다.

다수의 의학자는 이를 위에서 언급한 삶의 연속성과 큰 연관이 있는 것으로 추정합니다. 우리가 여러 인격으로 현실의 압박을 나눠 받는 것에 비해 단일성 정체감 장애 환자는 그럴 수 없으니까요. 따라서 빠르게 누적되는 피로를 해소하기 위해 그들의 뇌는 장시간의 집중적인 수면을 요합니다. 실제로 일반인이 잠을 사회적 약속이나 기분 전환을 위한 의례에 가깝게 여기는 것과는 달리, 단일성 정체감 장애 환자에게 있어 수면의 필요란 식사나 배설 등의 필수적 욕구에 버금갑니다. 그들은 하루만 잠을 자지 않더라도 지적 능력이 현저히 저하되며, 이틀에 이르면 운동 능력을 대부분 상실하고, 사흘이 지나면 중추신경계가 망가지기 시작합니다. 이렇듯 빠르게 마모되는 이들의 정신은 차츰 외적 자극에 둔감해져, 끝내는 위에서 언급한 바와 같이 에틸알코올을 위시한 각종 신경 작용 물질까지 손을 대게끔 만들곤 합니다.

많은 사람이 이러한 경향과 관련하여 흔히 하는, 그래서 더욱 안타까운 오해 중 하나가 단일성 정체감 장애 환자의 생활이 마음가짐을 고쳐먹는 것만으로 쉽게 '교정'될 수 있다고 생각하는 것입니다. 그들은 나태하거나 게으른 생활을 탐닉한다기보다, 표준과는 조금 다른 양상으로 삶을 살아나갈 뿐입니다. 이따금 입방아에 오르는 몇몇 사설 캠프나 소위 말하는 '치유' 프로그램의 경우가 이러한 오해에 기반을 두지요. 최근 정신의학계는 단일성 정체감 장애 환자가 잠에 의존하는 문제는 그들 신체의 생리·화학 체계와 밀접하게 맞물려 있으며, 섣불리 무언가를 목적하기보다 그 정확한 기전을 파악하는 단계에서부터 신중히 접근해야 할 문제라고 공표한 바 있습니다.

또한 단일성 정체감 장애 환자가 극단적인 상황과 맞닥뜨렸을 경우 개별 인격의 발현을 기대할 수 없다는 데에 이르면, 수면이 그들에게 있어 단순한 휴식 이상의 의미를 가진 것이 더욱 명백해집니다. 우리의 의식은 때때로 감당하기 어려운 사건에 노출된 뒤 개별 인격의 발현을 시도하는 경향을 보입니다. 그를 이용하여 기존의 인격과 방법론으로는 타파할 수 없는 시련의 돌파구를 마련하는 것이지요. 일례로 등반 도중 팔이 바위에 짓눌린 채 꼼짝없이 고립된 한 산악인이, 능숙한 손놀림과 응급 치료 지식에 통달한 개별 인격의 발현 덕에 약간의 탈수증세만을 안고 가족의 품으로 돌아간 것이 좋은 예가 될 것입니다. 그러나 앞에서도 언급했다시피 단일성 정체감 장애 환자에게는 이것이 원천적으로 불가능합니다. 따라서 그들에게 긴 수면은 감당키 어려운 사건과 마주한 정신을 이완시키기 위해, 혹은 변화를 반추할 시간을 조금이라도 더 늘리기 위해 반드시 필요합니다.

단일성 정체감 장애 환자가 적정 수면 시간을 정확히 지키기란 거의 불가능합니다. 누적된 피로는 차츰 눈에 보이지 않는 지점에서부터 그의 생활을 좀먹고, 부작용은 곧 육체를 통해 외부로 표출됩니다. 체내 항상성, 신경절의 반응속도, 면역 체계 등 다양한 요소들이 이에 영향받아 단적으로 표현하면 단일성 정체감 장애 환자는 육체를 통제하는 능력을 빠르게 상실하기에 이릅니다. 이로 인해 이들의 평균수명은 80년을 간신히 넘기는 수준에 그칩니다.

또 한 가지 주목할 점은 현실의 압박을 이겨내지 못한 이들의 중추신경계가 맞이할 가장 비극적인 결말, 치매와 알츠하이머 등으로 대표되는 신경계통 퇴행성 질환입니다. 지금 혹시 책을 내려놓고 검색 엔진을 켰더라도 이상한 일은 아닙니다. 이 이름들은 병리학 역사에 관심이 있거나 관련 학위를 위해 공부 중인 사람이 아니라면 낯설 수밖에 없으니까요. 퇴행성이란 특정 기관이나 조직이 원래의 기능을 점차 잃게 되는 성질을 일컫는데, 신경계통의 퇴행성 질환이란 다시 말해 두뇌와 척수를 포함한 중추신경계가 그 기능을 상실하게 되는 질환을 뜻합니다. 더욱 쉽게 해설하자면 후천적 학습으로 획득한 모든 기억을 차츰 손실하는 병이라고 할 수 있지요.

현재로서 이러한 질병은 원활한 인격 발현을 돕는 체계가 잘 갖춰진 국가에서는 거의 볼 수 없습니다. 물론 소득수준이 낮고 의료 접근성이 떨어지는 국가의 경우 아직까지도 이 질환으로 고통받는 사람들이 종종 발견되기도 합니다. 우리 사회가 품은 무거운 숙제라고 할 수 있겠지요. 반면 단일성 정체감 장애 환자에게 이러한 질환은 숙명과도 같습니다. 그들은 거주환경과 사회경제적 계급과 무관하게 신경계통 퇴행성 질환이라는 시한폭탄을 끌어안은 채 고통받으며, 그 유병률 또한 일반인 그룹보다 뚜렷하게 높습니다.

2) 하나의 인격과 정신의 경화

정신이란 것은 수축과 팽창을 반복하는 고무 밴드와도 같은 것입니다. 현실이라는 크고 복잡한 무대에서 언제나 똑같은 모양으로 남을 수는 없는 노릇이지요. 이렇듯 변칙적인 자극이 꾸준히 가해지는 상황에서, 여러 겹의 고무 밴드와 하나의 고무 밴드 중 어느 쪽이 보다 구조적으로 안정한지 추측하는 것은 어려운 일이 아닙니다. 여러 개 중 하나가 끊어지는 것도 물론 안타까운 일이지만, 하나뿐인 밴드가 끊어진다면 그 무엇으로도 손실을 돌이킬 수 없음을 우리는 알고 있습니다. 헐거워지거나 끊어진 밴드를 원래 모습으로 되돌릴 수는 없는 노릇이니까요. 단일성 정체감 장애 환자의 경우도 마찬가지입니다. 삶의 연속성과 더불어 이들의 필연적인 정신의 경화를 이해하는 일 또한 중요합니다.

단일성 정체감 장애 환자는 대부분의 경우 고정관념에 기초하여 사고하며, 유연성과 상대성 측면에서는 통계 왜곡을 피하기 위해 심리검사 모집단에서 제외해야 할 정도로 낮은 경향성을 보입니다. 쉽게 표현하자면 이들은 지극히 주관적이지요. '주관적'이라는 말을 머릿속에 그리는 여러분의 가장 극단적인 상상보다도 이들은 주관적입니다. 실제 언어학계에서는 '주관적인Subjective'의 용례를 일반적인 경우와 그렇지 않은 단일성 정체감 장애 환자의 경우로 나누어야 한다는 의견이 있을 정도지요.

자신의 모든 육체적, 정신적 활동을 주관하는 유일 인격으로서 이들의 자기중심적 경향은 놀라울 정도로 뚜렷하게 표출됩니다. 한 정신의학자는 이를 일컬어 '삼위일체 효과'라고 칭합니다. 단일성 정체감 장애 환자에게는 총체로서의 나와 세상을 감각하는 나, 감각된 세상과 상호작용하는 유일한 나가 전혀 다르지 않습니다. 이러한 효과가 그들이 무의식적으로 유일신적 자기 이미지를 갖추도록 유도한다는 것이 이론의 골자입니다.

이러한 경향이 분명히 드러나는 지점이 바로 가치관의 형성입니다. 다인격적 특성을 갖춘 우리는 좋든 싫든 하나의 현상을 동일하지 아니한, 여러 갈래의 개별 인격을 통한 시각으로 바라볼 수밖에 없습니다. 반면 단일성 정체감 장애 환자의 가치관은 스스로의 무조건적인 합리성을 근거하여 이에 부합하는 정보를 받아들이고 그 반대는 누락시킵니다. 결과적으로 단일성 정체감 장애 환자의 신념이란 그 진정성과는 무관하게 점차 타인을 배격하는 쪽으로 흐르게 됩니다.

다소 거친 표현으로, 단일성 정체감 장애 환자는 남이 나와 다른 생각을 한다는 사실 자체를 이해할 수 없다는 말도 있습니다. 이성적으로는 물론 수용하지만, 마음속 깊은 곳에서는 스스로의 믿음을 꼭 붙잡은 채 놓지 않는 것이지요. 그들은 남들이 자신을 이해하지 못하는 것은 받아들이기 어려워하지만 그 반대는 이상하게 생각하지 않습니다. 단일성 정체감 장애 환자에게 있어 자기중심적 경향은 결코 떨쳐낼 수 없는 본능입니다.

이해를 돕기 위해 다소 비약적인 비유를 빌리자면, 단일성 정체감 장애 환자는 언제나 막다른 골목을 등진 채 세상을 마주하고 있습니다. 하나뿐인 인격은 결코 현실에서 물러설 수 없고, 이는 곧 그들이 항시 현실에 과몰입하고 있다는 말로 이어집니다. 실제로 두뇌 스캔 결과 단일성 정체감 장애 환자에게서 물질 중독 장애와 유사한 형태의 신경망이 발견되었다는 연구 결과도 다수 존재합니다.

학자들은 또한 지능지수 상위 50퍼센트에 속하는 단일성 정체감 장애 환자의 수가 극단적으로 적은 것이 단순히 다인격 검사시스템과의 불협화음 때문만은 아니라고 추측합니다. 기억이란 결국 신경에 쌓이는 전기신호의 총계이며, 단일성 정체감 장애 환자처럼 과다한 압력에 노출되었을 때는 당연히 그 구조적 안정성 또한 빠르게 감퇴할 것입니다. 따라서 단일성 정체감 장애 환자의 뇌는 대부분의 장기 기억을 감각 정보와 융합하는 식으로 이를 변통하려 합니다. 대체로 특정한 자극—냄새, 소리 등속의—을 받으면 연결된 기억이 떠오르는 방식이지요.

그 밖에도 단일성 정체감 장애 환자들의 머릿속을 이야기하는 많은 목소리가 있습니다. 밝고 공개된 장소보다는 어째서인지 익명성을 띤 곳에서 더욱 크게 울리는 목소리들이죠. 주로 충동성이

나 감정 조절, 자기방어적 태도와 관련한 그 내용을 글에서 하나하나 짚는 것은 책의 목적과도 맞지 않을 것이고, 여러분에게 불필요한 오해를 불러일으킬 우려가 있습니다. 분명한 것은 몇몇 단편적인 연구가 건져낸 사실의 조각을 모든 경우에 적용 가능한 진리로 보아서는 곤란하다는 겁니다. 현실이란 크고 복잡하며, 우리 앞에 그 진정한 모습을 쉽게 드러내지 않는다는 것을 언제나 잊지 말아야 할 것입니다.

3) 하나의 인격과 학습

최근 Y그룹 전 임원의 양심 고백이 수많은 네티즌의 공분을 자아냈지요. Y그룹은 단일성 정체감 장애 환자를 적극적으로 채용하여 인재 관리에 힘써 정부로부터 감사패를 받는 등 예전부터 사회적 약자를 보듬는 기업의 모범적인 사례로서 알려져왔습니다. 그러나 진실은 그와 거리가 멀었습니다. 실상 Y그룹은 채용된 직원들의 고용보험 가입을 차일피일 미루며 시간을 벌고, 정부 지원 기간이 끝남과 동시에 돌변한 태도를 보여 그들을 잔혹하다고밖에 할 수 없는 방법으로 내몰고 고립시켰습니다. 적성과 무관한 부서 이동, 불필요한 특별 교육 이수 등의 조건을 붙여 업무 평가를 낮추고 이에 부담감을 느낀 직원의 자발적인 퇴사를 유도한 것이죠. 대상이 응하지 않을 경우 심지어 지점 간부가 직접 나서 따돌림을 종용하거나 원색적인 모욕을 퍼붓는 등 그야말로 단일성 정체감 장애 환자를 순전히 고용촉진지원금을 위한 '수단'으로 소모한 정황이 만천하에 드러났습니다.

단일성 정체감 장애 환자를 대상으로 한 고용 불이익을 막기 위한 법안은 17대 국가 의회에서 처음 발의된 이후 현재에 이르기까지 단 한 번도 입법 예고 기간의 벽을 넘어본 적이 없습니다. 그를 둘러싼 첨예한 논쟁이 무색해지는 것은 Y그룹의 사례에서 보듯, 여전히 많은 기업이 단일성 정체감 장애 환자의 채용을 꺼리기 때문입니다. 위에서 알아보았듯 그들의 이런저런 특성은 분명 '이달의 직원'상을 받기에 다소 부정적인 강화 요인으로 작용할 수밖에 없습니다. 또한 윗글에서 언급한 정신의 경화와도 관련하여, 단일성 정체감 장애 환자는 직무뿐만이 아니라 역량 개발, 문제 해결, 의사 결정 등 지적 활동 전반에 다소 취약한 모습을 보입니다.

목표 설정과 그를 위한 학습의 필요성을 절감하게 된 단일성 정체감 장애 환자의 노력이란 끊임없이 이어지는 시간 속에서 굳건히 버티고 서는 기량을 기르는 데서부터 시작됩니다. 그러나 단 한 개의 밴드로 현실의 압력을 온전히 받아내야만 하는 이들의 학습이란 양적인 면에서나 질적인 면에서나 힘에 부칠 수밖에 없습니다. 특히나 다양한 각도로 목표와 수단을 조명할 수 없다는 점이야말로 치명적인 약점입니다. 이러한 부정적 특성이 위에서 언급된 정신의 경화와 맞물린다면, 막대한 자원을 투자받고도 역량의 신장은 거의 이뤄지지 않는 경우 또한 있습니다.

학습이란 목표를 설정하고 나아간다는 점에서 등산으로 비유

할 수 있습니다. 그리고 단일하지 않은 인격이야말로 우리의 등산을 더욱 풍요롭게 만들어주는 것이죠. 여러 갈래의 길을 동시에 나아가는 것은 식견을 넓히는 데도 도움이 되지만 무엇보다 정보의 유기적 연결을 통해 각종 장해를 유연하게 대처할 수 있다는 점에서 큰 강점을 갖습니다.

반면 단일성 정체감 장애 환자의 경우에는 이것이 불가능하죠. 그들은 최초로 선택한 하나의 길을 계속해서 나아갈 수밖에 없습니다. 산의 전체적인 모양도, 풍경도 보지 못한 채 가느다란 선을 긋듯 이어지는 등산은 결국 오랜 시간을 필요로 할 수밖에 없고, 정상에 도착하더라도 원숙한 학습을 기대하기도 어렵습니다. 게다가 그들이 선택한 길이 잘못되었음이 드러난다면 고민은 더욱 깊어집니다.

돌멩이에서 싯누런 금을 뽑아내려던 연금술사들의 욕망은 이루어지지 않았지만 그 과정에서 축적한 지식은 화학이라는 학문을 탄생시켰습니다. 이와 마찬가지로 설령 학습이 좌절되더라도 축적된 다양한 분야의 지식은 우리 미래의 또 다른 가능성을 제시해주기 마련입니다. 안타깝게도 이러한 선순환은 단일성 정체감 장애 환자에게는 해당하지 않습니다. 특히나 역량 개발 과정에서 다른 분야와의 관련성을 거의 찾아볼 수 없는 경우 더욱 그렇지요.

4) 하나의 인격과 범죄성

범죄란 어디에서 기인하는 것일까요? 범죄자의 무엇이, 혹은 그들 주변의 무엇이 법의 울타리 바깥으로 이어지는 마지막 걸음을 옮기게끔 만들었을까요? 과연 범죄자와 비범죄자를 가르는 명확한 차이가 존재할까요?

범죄학이 생기기 전부터 수많은 학자가 이 질문에 답하기 위해 노력했지만, 아직까지도 명확히 밝혀진 것은 전무합니다. 범죄성에 대한 탐구는 단일성 정체감 장애에 대한 탐구만큼이나 길고 복잡한 내력을 지니고 있습니다. 비슷한 길을 걸어가던 두 분야의 접점이 탄생하였고 현재까지 유지되는 것은 두 요소가 서로 깊은 관계를 맺고 있다는 주장이 꾸준히 제기되기 때문입니다. 실제로 많은 연구가 단일성 정체감 장애 환자 집단과 그렇지 않은 집단 간 범죄율에서 유의미한 차이가 나타난다는 사실을 지적합니다. 더불어 재소자들을 대상으로 실시한 조사를 통해 상당수의 원시반응[1] 범죄자들이 단일성 정체감 장애 환자이거나 그와 일견 유사한 특질을 가졌다는 결과가 나온 바 있습니다.

위에서도 언급했다시피 단일성 정체감 장애 환자는 세상을 받아들이고 상호작용 하는 유일한 인격체로서 스스로를 자각합니다. 이는 자신의 욕구와 외부 통제 사이의 빈번한 충돌을 불러오고, 때로는 공격적인 성향을 드러내게끔 그들을 유도합니다. 앞서 언급한 정신의 경화는 성장 과정에서 이와 같은 경향을 부풀립니다. 즉, 단일성 정체감 장애 환자는 필연적으로 주변 사물과 환경

---

1 Primitive Reaction. 강한 감정 체험이 억제되지 않고 단순한 형태로 직접 발산되는 것.

에 대한 지배 욕구가 증대되는 방향으로 성장합니다.

그러나 범죄성 탐구에 대한 수많은 가설이 지적하듯, 다른 모든 조건에 우선하여 절대적으로 범죄를 유발하는 요인이란 존재하기 어렵습니다. 우리 사회를 이루는 것은 크고 작은 상호작용을 주고받는 유기적인 블록들이며, 따라서 그중 특정한 요인이 미치는 영향 또한 언제나 상대적인 측면으로 이해되는 것이 옳을 겁니다.

학자들은 단일성 정체감 장애가 특정한 범죄성을 발현시킨다기보다는, 환자 대부분이 낮은 수준의 교육을 거쳐 높은 확률로 주류 사회로부터 유리된다는 사실에 주목합니다. 일반인과 단일성 정체감 장애 환자 사이의 결혼 및 출산이 금지되어 있으므로 이러한 사회·경제적 배경은 세대를 거쳐 유지되거나 강화됩니다. 단적으로 표현하여 단일성 정체감 장애 환자는 사회의 하위 계층을 구성하게 됩니다. 범죄가 하위계층의 전유물이라고 주장하는 것은 분명 논쟁적인 발언이 되겠지만, 범죄학계의 시선이 어느 정도 후미진 뒷골목과 그 주민들로 향하는 경향이 있다는 것만큼은 부정할 수 없는 사실입니다. 그 외에도 사회 주류 계층이 갖는 편견 또한 무시할 수 없다고 주장하는 낙인 이론가들도 있습니다.

*세 번째 걸음 – 손잡기

그동안 단일성 정체감 장애 환자의 특성에 대하여 개략적으로나마 알아보았습니다. 여러분은 그들과 시선을 맞추고, 그들과 같이 걸으며, 그들의 눈높이에서 세상을 바라보게 되었습니다. 그러나 아직 우리의 것과 마찬가지로 그들의 손이 비어 있습니다. 글의 도입부에서도 지적했다시피 지금 이 순간에도 우리 사회 곳곳에서는 단일성 정체감 장애에 대한 잘못된 통념이 피어나고 있습니다. 이어지는 내용은 그 대표적인 사례와 더불어 집필진이 받았던 질문을 대담의 형태로 재구성한 것입니다. 글을 여기까지 읽은 여러분이라면 하지 않을 질문도 있고, 아직은 내심 마음속으로 감출 수밖에 없는 질문 또한 있습니다. 모두 거쳐야 할 길이겠지요.

Q 단일성 정체감 장애 환자를 외모로 구분할 수 있나요?

A 이목구비와 같은 신체적 특징을 말하는 것이라면, 그렇지 않습니다. 단일성 정체감 장애 환자는 인격이 하나뿐이라는 사실을 제하면 우리와 다를 것이 없지요. 다만 그들이 특정 사회·문화적 집단에의 소속감 및 기호를 강하게 드러내는 옷이나 장신구를 곧잘 착용하는 등 강한 자기주장을 선호하는 것은 사실입니다. 이러한 경향 또한 하나의 인격으로 체득하는 현실 인식의 특성 중 하나로 볼 수 있지요.

우리는 스스로의 성별이나 체격과는 전혀 무관한 인격이 내 안에 깃들며 또 언젠가 깃들 수 있다는 사실을 알고 있습니다. 따라서 지나치게 특정 집단의 색을 띠게끔 스스로를 치장하기를 거부하지요. 그러나 단일성 정체감 장애 환자는 그 감각을 공유할 수 없기에 필요 또한 느끼지 못하고, 따라서 하나의 인격만을 오롯이 대표하는 패션을 추구하기에 상당히 '튀어 보이는' 모습으로 다가올 수 있습니다. 물론 이는 명확한 기준보다는 개성에 따라 나타나는 특질임을 염두에 두어야겠죠. 누군가의 외모만으로 인격의 개수를 짐작하는 것은 온당치 못한 일입니다.

Q 단일성 정체감 장애 환자는 언제나 화가 나 있거나 짜증을 내나요?
A 그렇지 않습니다. 하나의 인격으로 외부 자극을 감당할 수밖에 없는 그들의 특성상 다소 피로할 것이라고는 추측할 수 있지만, 그것이 '언제나' 그것도 '공격적으로' 반응할 것이라고 볼 수 있는 근거가 되지는 않습니다. 우리가 그림자만 보고 사람의 키를 가늠할 수 없는 것과 비슷한 일이겠지요. 단일성 정체감 장애 환자 또한 우리와 마찬가지로 다양한 감정을 받아들이고 이해하여 상황에 맞게 표출할 수 있습니다. 정도와 순간의 차이만 있을 뿐이지요.

Q 단일성 정체감 장애 환자인 사람이 분명히 똑같은 말에 다르게 반응하는 경우를 본 적이 있어요. 어떻게 이게 가능한 거죠?
A 단일성 정체감 장애를 가졌다고 해서 똑같은 자극에 언제나 똑같이 반응하는 것은 아닙니다. 인격이란 것은 개수와 상관없이 그 자체적으로 크고 복잡한 물건으로, 단순히 입력정보에 따른 값을 내놓는 전자 프로그램과는 다른 것이지요. 오히려 어떤 면에서는 일반인보다도 더욱 넓은 스펙트럼을 보이는 것이 단일성 정체감 장애 환자들의 감정입니다. 때때로 그

들이 전혀 다르거나 예측할 수 없는, 이를테면 충동적인 행동을 보일 때도 있습니다만 그것 또한 그들에게는 자연스러운 기복의 범위입니다. 여러 겹의 밴드가 해야 할 일을 하나에 맡긴다면, 자연스레 가장 좁을 때와 가장 넓을 때의 차이가 클 수밖에 없겠죠.

Q 단일성 정체감 장애 환자와 친구가 되고 싶어요. 그런데 섣불리 다가가면 뭔가 실수를 할까 두려워요. 그렇다고 너무 신경 써주면 그것도 실례가 되겠죠?

A 가장 생색내기 좋고 성과가 있는 것처럼 '보이는' 방법은 이 책을 비롯한 단일성 정체감 장애 관련 서적을 시험공부 하듯 달달 외워 정리하는 것입니다. 하지만 공감이란 마음에서부터 피어나는 것이지 바깥에서 주워 간직하는 것이 아니라는 사실을 명심하세요.

내 눈앞의 사람이 나와는 전혀 다른 곳에서 출발하여 다른 길에서 다른 시선으로 이 세상을 느끼고 있음을 잊지 않는 것이 중요합니다. 우리는 때때로 일반인의 마음에서 벗어나지 못한 채 그들을 대하는 실수를 저지르곤 하지요. 정보나 사실들은 결과가 아니라 수단입니다. 공감의 기틀을 쌓기 위한 발판 이상의 의미를 그것들에 부여해선 안 됩니다.

마음과 마음이 잘 맞는다면 좋은 친구가 될 수 있는 것이 단일성 정체감 장애 환자입니다. 그들은 강한 자기중심적 경향만큼이나 애착도 강하기에 누군가와 깊은 관계를 맺을 수 있습니다. 자신을 이해해줄 사람을 만난 단일성 정체감 장애 환자의 기쁨을 상상해보세요.

Q 단일성 정체감 장애 환자와 일반인의 결혼, 출산이 금지된 까닭은

무엇인가요?

A 일견 이해하기 어려울 수 있습니다. 두 사람의 사랑이란 것은 아름다운 관계이며, 악의라고는 찾아볼 수 없는 순수한 동기로부터 대개 시작되기 마련이니까요. 그러나 법은 꼭 악의적인 행위를 처벌하기 위함만은 아니며 공공의 이익이 훼손되는 것을 보호하기 위해서도 존재합니다. 그리고 공공의 이익을 훼손하는 현상이 명확한 악의에서만 발생한다고 믿는 것은 참으로 순진한 일이지요.

단일성 정체감 장애 환자는 사랑과 결혼이라는 개념에 일반적인 경우보다 훨씬 많은 의미를 부여하며, 이는 '경향'과 같은 두루뭉술한 표현이 아니라 실제 기능적 자기공명영상 연구를 통하여 확인된 사실입니다. 그들에게 있어 사랑이란 호불호의 영역을 떠난 성스러운 감정이며 따라서 결혼은 법률 이상의 초월적인 관계를 함의합니다. 또한 대부분의 단일성 정체감 장애 환자는 필연적으로 다인격 특성의 배우자와 갈등을 빚거나, 애착 관계를 형성한 단 하나의 주인격을 제외한 나머지를 거부하게 됩니다. 이는 종종 강한 통제와 더불어 비정상적인 집착으로 이어지곤 하지요. 이 관계의 결말을 상상하는 것은 그리 어려운 일이 아닙니다.

출산 및 육아와 관련된 문제는 더욱 심각합니다. 우선 단일성 정체감 장애 환자 집단은 유전 정보의 열화를 막을 만큼 충분히 크지 않으므로, 그들의 자식이 뱃속에서부터 유전 질환의 씨앗을 품을 확률은 일반인의 그것에 비해 확연히 높습니다. 게다가 아기가 성장하기 시작하면 단일성 정체감 장애를 겪는 부모가 배우자와 마찬가지로 자식의 다인격적 특성을 억압하려 드는 경우도 적잖이 보고됐습니다. 이는 때때로 국가보육을 부정하고 자신의 주관만으로 아이의 성장을 책임질 수 있다는, 일부 단일성 정체감 장애 환자의 아집으로 드러나기도 합니다.

우리 모두 한때 가족이라는 사회구성단위가 지금보다 훨씬 많은 역할을 했음을, 한때 국가가 모든 아이의 책임은 물론 표준화된 교육을 통한 시민 육성에 그다지 관심을 쏟지 않았다는 사실을 알고 있습니다. 그 흔적은 이제 별로 남아 있지 않지만, 안타깝게도 대부분 단일성 정체감 장애 환자의 기억은 아직도 그 시대에 멈춰 있습니다. 구세대에 대한 향수라기보다는 가족 단위의 육아가 그들의 특성과 더욱 잘 맞아떨어지기 때문이라고 보는 것이 옳겠지요.

*네 번째 걸음 - 그 이후?

저의 어머니는 단일성 정체감 장애를 앓았습니다. 어린 저를 무릎에 앉힌 채 이런저런 이야기를 해주던 모습이 지금도 가끔 떠오르곤 합니다. 하나의 인격으로 바라보는 세상, 아버지를 만난 일…. 물론 국가보육이 시작되며 저 또한 두 분의 곁을 잠시 떠나야만 했습니다. 보육이 끝나고, 희미한 추억과 함께 사회로 나온 저는 곧 혼자가 되었습니다. 어디에서도 생부와 생모의 기록을 찾을 수 없었습니다. 마치 원래부터 없던 것 같았죠.

당시에는 아직 일반인과 단일성 정체감 장애 환자와의 혼인 및 출산을 금지하는 법안이 없었습니다. 그러나 성문화된 법만 없을 뿐 지금보다도 훨씬 경직된 사회는 그들을 잘 받아들이지 못했지요. 저도 처음에는 그러한 연유로 두 분이 고초를 겪으셨겠거니, 그래서 하나 낳은 자식과의 연까지 끊어가며 발버둥 치셨거니 생각하였습니다. 그러나 시간이 흐를수록 저는 조금 다른 방향으로 일을 바라보게 되었습니다. 무엇보다 기억은 오직 어머니 한 분에 대한 것뿐이었으니까요. 저는 제 아버지가 단일성 정체감 장애 환자가 아니었다고 확신하지 못합니다.

한때 단일성 정체감 장애가 특정 유전형질의 전이를 통해 발생한다는 믿음이 있었습니다. 그러나 현재 학계의 공식적인 입장은 그와는 정반대이지요. 이를 뒷받침하듯, 아주 희귀한 사례이지만 분명 일반 부부에게서 단일성 정체감 장애를 앓는 아기가 태어난 경우가 있습니다. 그렇다면 그 반대 또한 가능하다고 보는 것이 옳지 않을까요?

단일성 정체감 장애는 분명 사회적인 측면에서 여러 부정적인 특성을 갖추고 있습니다. 그러나 그것이 두려움이나 기피의 대상이 되어야 한다는 뜻은 아닙니다. 눈이 안 좋은 사람이 안경을 쓰듯, 단일성 정체감 장애 환자에게도 적절한 기구가 필요할 뿐입니다. 그리고 그들에게 제일 필요한 기구는 바로 여러분의 손길입니다. 부디 이 책을 읽은 여러분의 손이 그들을 향해 내밀어지기를 바랍니다.

주변의 당연한 것을 억지로 의식하고 뒤집으면 그럴싸한 소재가 많이 나옵니다. 이 글을 쓴 것도 그런 식이죠. '충격! 인격이 여러 개인 것이 정상인 세계가 있다?' 여러분도 굳이 창작에 뜻이 없더라도 이런 거 혼자 해보면 재미있을 겁니다. 그러나 이 글의 초고를 쓴 지 어언 30개월이 되어가는 고로 이 사실 외에는 별로 기억나는 게 없습니다. 그래서 제가 보통 어떻게 글을 쓰는지 일반적인 이야기를 할까 해요. 혹 비슷한 뜻을 품었다면 도움이 될 수 있겠네요.

거창한 건 아니고요. 누구나 즐기는 평범한 문화 활동에 기반을 둔 겁니다. 여러분 모두 평소 「원자 뇌를 가진 생명체」(1955),

「끝의 시작」(1957) 같은 거 보시잖아요. 네? 그럼 「물방울」(1958), 「우주에서 온 10대」(1959)는요? 「물방울」 대신 「불멸의 괴물 칼티키」(1959)를 봤다고요? 그럼 「미녀와 액체인간」(1954)은요?

그래요?

그나마 다행입니다. 여기까지 읽었다는 것은 여러분이 구원의 동아줄을 아직 놓지 않았다는 거니까요. 인간미 없는 컴퓨터그래픽의 마수에서 잠시 벗어나 죽처럼 부글부글 끓는 흑백필름 속으로 빠져보는 겁니다. 거창한 시대 의식 같은 게 필요한 게 아닙니다. 팔다리를 늘어뜨리고 마음을 편안히 먹으세요. 그리고 그 상태에서 불쑥불쑥 눈에 띄는 걸 붙잡으면 됩니다. 대사, 장면, 연출 아무거나 좋아요. 알음알음 모으면 쓸 게 생길 거예요.

보면서 불평불만만 늘 수도 있죠, 물론. 「지구 대 거미」(1958)에 왜 거미 사체를 그냥 놔뒀을까? 「화성으로부터의 침략」(1953) 외계인 모습이 너무 웃겨! 「27번째 날」(1957) 결말이 왜 저래? 내가 해도 저것보단 낫겠네. 그래요. 진짜 해보는 거예요. 거미 쓰러진 것을 방치하지 않았으면? 외계인이 다르게 생겼으면? 결말이 달랐으면?

물론 반세기 늦은 팬픽션에만 언제까지고 머무를 필요는 없습니다. 이것을 통해 우리는 배우는 겁니다. 뭘? 소재를 발굴하고 줄거리를 조직하고 정보를 독자에게 드러내는, 즉 하나의 이야기를 다루는 방법을. 100점은 아닐지언정 그래도 답의 구색은 갖춘 물건을 통해. 최소한의 '무언가'도 없이 써야 하는 사람은 불행합니다. 그래서 필름에 특수효과 그리던 시절의 이야기를 가져오는 겁니다. 단순한 구조지만 끼어들 지점이 많으니까요. 이 주제를 이 시절 감성으론 이렇게 다루네, 이렇게 전달하네. 내가 쓴다면 어떨까?

물론 교재가 마음에 안 들 수 있어요. 소위 말하는 고급진(?) 작품을 보면 더 얻는 게 있을 수도 있죠. 그런데 형형색색 아리따운 들판에서 장미 몇 송이 찾으려면 얼마나 힘들겠어요? 조금 지루해도 잔디밭에서 나풀나풀 춤추는 들꽃 찾기가 더 쉽지 않겠어요? 차라투스트라가 무슨 말을 했는지는 나중에 듣죠. 단테의 뭐요? 차트 1위 찍었나요?

글 쓰려면 첫술부터 떠야죠. 거창한 통찰, 황홀한 비유 이런 거 없어도 돼요. 당대 역사를 제 이름으로 덧칠해버린 위대한 이야기꾼을 보고 영감 얻어봤자 처음인데 얼마나 잘하겠어요. 가벼운 말장난, 얕은 발상으로 수수한 꽃다발부터 꾸며봐요. 누군가를 그리는 온도로 차를 우리고, 청춘은 음식과도 같아 조금씩 아껴 먹는 정도면 돼요. 말장난에 가까운 이런 표현과 그로부터 얻는 부스러기 수준의 영감만 해도 첫걸음 내딛기엔 충분하지 않겠어요?

개와는 같이 살 수 없다

황성식

2012, 2014년 한국콘텐츠진흥원, 2016년 CJ문화재단의 지원을 받으며 다년간 시나리오를 써왔다. 할리우드 상업영화에 대한 동경과 한국사회에 대한 호기심. 불평등에 대한 민감한 감각과 초인에 대한 동경 등 상반되고 대립되는 대상들의 극적인 만남과 화해를 꿈꾼다. 기독교가 망해버린 시대의 기독교인으로서, SF로 어떤 이야기를 할 수 있을지 고민하고 있다.

멸망 이전에는 개와 함께 사는 게 가능했다. 여자가 어른들에게 들은 바로는 그랬다. 개에게 이름을 지어주거나 산책을 시키고 개의 배설물을 치운다든지 개를 씻겨서 옷을 입혔다고도 했다. 여자는 어렸을 적부터 그 말이 참 이상하다고 생각했다. 그건 함께 사는 게 아니라 거의 기르는 것 아닌가. 씻겨주고 똥을 치운다니. 개를 위해 그런 번거로운 짓을 감수할 이유가 뭐지? 여자는 어른들이 허풍을 치는 거라고 여겼다. 한두 번 속아본 게 아니었다. 어른들은 어린 그녀를 약 올리기 위해 걸핏하면 허풍을 치곤했다.

물론 어른들이 여자를 길렀다는 사실에는 의심의 여지가 없었다. 그들은 그 사실에 자부심을 느끼는 듯했고, 개 이야기를 꺼낸 것도 그 때문이 분명했다. 개는 자신들의 노력을 설명하기 위한 좋은 구실이었다. 여자는 귓등으로도 안 들었지만. 한번은 어른들이 여자를 '우리 강아지'라고 부른 적이 있었다. 하지만 어른들의 기대와는 달리 여자는 그들의 엉덩이를 발로 걷어찼다. 사람을 개에 비유하는 것은 기분 나쁜 일이었기 때문이다. 어른들이 종종 서로를 욕할 때 그렇게 부른다는 걸 여자는 기억하고 있었다. 어른들은 씩씩대는 그녀를 달래기 위해 개는 인간의 좋은 친구였다, 가족이었다, 영혼의 동반자였다, 인간과 가장 친밀하게 지낸 가장 오래된 가축이었다, 따위의 해명을 덧붙여야 했다. 그러나 여자는 그때도 그 말을 믿을 수 없었고, 지금도 믿지 않았다.

인류 최초의 가축이었고 어쩌면 최후의 가축이었을지도 모를 개들은, 더 이상 인간에게 의미 있는 존재가 아니었다. 멸망은 모든 걸 바꿔놓았다. 가축의 개념은 사라졌고, 친구나 가족은커녕 생존 경쟁자가 아니면 다행이었다. 멸망 이후에 태어난 여자는 개와 함께 사는 인간의 모습을 상상할 수 없었다. 어차피 인간과 개는 생김부터 전혀 다르지 않은가. 수만 년에 걸쳐 서로에게 적응했던 그들은 급속도로 서로를 잊었다. 적어도 인간은 그랬다. 개들의 마음이야 알 수는 없지만 그들 역시 가축이던 때를 기억하는 것 같지는 않았다. 보통 수십 마리씩 떼를 지어 다니는 그들은, 인간을 먹이로 보지 않는 이상 접근하는 법이 없었다. 반려견은 사라지고 들개만 남은 시대였다. 어쨌거나 중요한 건 이제 더 이상 개와는 함께 살 수 없다는 사실이다. 여자는 말이 통하기만 한다면, 지금 자신을 따라오는 누런 털복숭이에게 그렇게 말하고 싶었다.

먹이를 준 게 화근이었다. 황량하게 펼쳐진 벌판 위에는 개와 여자 둘 뿐이었다. 여자는 지쳐 있었고, 해가 지고 있었다. 무리에서 낙오된 듯 보이는 늙은 암캐는 인공 식량을 우물거리는 여자를 뚫어지게 쳐다보았다. 여자도 개를 쳐다보았다. 한참을 그렇게 마주보던 여자는 자신도 이해하기 힘든 행동을 저지르고 말았다. 먹고 있던 식량 한 귀퉁이를 떼어 개에게 던져준 것이다. 그것이 마지막 식량이었던 건 아니지만, 비축한 식량으로 언제까지 버텨야 할지 알 수 없는 상태였다. 여자가 자신의 행동을 이해하기도 전에 식량의 일부가 개 앞에 떨어졌다. 경계하듯 움칠거리며 식량에 다가선 개는, 곧 그것을 게걸스럽게 먹어치웠다. 그리고 그날 이후 여자는 그 일탈의 대가를 톡톡히 치르는 중이었다. 개는 그녀를 졸졸 쫓아왔다. 그녀에게 꼬리 달린 꼬리가 달라붙은 것이다. 언제까지 그것을 달고 다닐 수는 없었다.

방주까지는 갈 길이 멀었다. 여자는 그곳을 '방주'로 알고 있었지만, 누군가는 '안전지대'라고 했고, '기지' 혹은 '도피성'으로 부르는 사람도 있었다. 어쨌거나 여자는 그곳으로 가야 했다. 생존자라면 누구나 그래야 했다. 모든 생존자에게는 '멸망 이후'라는 또 다른 멸망이 닥치고 있었다.

물론 아무나 방주에 들어갈 수 있는 건 아니었다. 들려오는 소문들을 정리해보면, 방주는 후대에 남길 유전자를 고려해서 살아남을 자를 선별했다. 그것은 엄격하고 신중한 방식에 의해 이루어지지만, 구체적인 선별 기준은 알려진 바가 없었다. 방주 앞에 선 사람은 누구나 자신에게 살아남아야 할 이유가 있다고 확신했다. 하지만 방주가 그에 동의하는 경우는 드물다고 했다.

멸망 후 세상은 폐허가 되었다. 그러나 지금은 그 폐허마저 허물어지는 중이었다. 거대하고 찬란했던 문명의 흔적은 잘게 부서져 모래 알갱이처럼 흩어지고 있었다. 어딜 가나 산산조각 난 인간의 역사가 흙먼지가 되어 흩날렸다. 살아남은 극소수의 인간들은 돌이킬 수 없이 망가진 환경 속에서 살아남고자 발버둥 쳤다. 그러나 매일같이 누군가가 죽어나갔다. 그것은 불가피한 일이었다. 방주에 들어가지 못한다면 여자 또한 죽게 될 터였다. 그녀는 그 사실을 분명히 알고 있었다. 그리고 그게 그녀가 아는 전부였다.

사람들이 죽어나가는 이유가 뭔지, 멸망은 언제 시작되었으며 어떻게 이루어졌는지, 왜 아직도 계속되고 있는지. 멸망 이후 세대인 여자는 이에 대해 끊임없이 물었다. 그러나 어른들은 단 한 번도 제대로 된 답을 내놓지 못했다. 그들이 어떤 비밀을 지키고 있다고 생각한 적도 있었다. 그러나 이제 여자는 알고 있었다. 누구도 멸망에 대해 정확히 알지 못한다는 사실을. 어른들은 생존이 중요하지, 이유는 중요하지 않다는 말로 여자를 타이르곤 했다. 어쩌면 그들은 그저 이유를 모른다는 사실이 수치스러웠는지도 몰랐다. 그것이 이 형벌의 가장 가혹한 면이었다. 왜 받는지도 모르는 형벌을 견뎌내야 하는 것. 이유도 모른 채 멸망을 맞았던 어른들은 어느 날부터 하나둘 세상을 떠났다. 잇따른 죽음의 이유는 여전히 알지 못했다. 그것마저 형벌의 일부라는 듯이.

역시 먹이를 주는 게 아니었어. 여자는 다시 생각했다. 하지만 언제까지 후회만 하고 있을 수도 없었다. 그저 그럴 수도 있는 일이라 여기는 게 더 생산적이었다. 홀로 먼 길을 가다 보면 사람이 이상해지기도 하는 것 아닌가. 그녀는 자기 뒤를 쫓는 개를 무시하기로 작정했다. 그러면 곧 개가 흥미를 잃고 자신을 떠날 거라고 여겼다. 하지만 생각보다 녀석은 질겼다. 여자는 방법을 바꿔 개를 향해 팔을 휘저으며 고함을 질러댔다. 놀란 개는 멀리 도망치는 듯 했지만 위협의 효과는 잠시 뿐이었고, 개는 어느새 돌아와 여자를 쫓았다.

몇 시간이고 반복된 위협이 헛수고로 돌아가자 약이 오른 여자는 손에 잡히는 것들을 마구잡이로 개에게 던졌다. 모래에서 시작해서 콘크리트 조각, 금속 조각, 누구의 것인지 모를 뼈다귀까지. 그런데 여자의 의도와는 달리 개는 자신을 향해 폐허의 조각들이 날아오는 것을 즐기는 눈치였다. 이리 뛰고 저리 뛰며 신나서 흥분하는 게 느껴졌다. 여자는 더 이상 약이 오르지는 않았다. 대신 어떤 가능성에 대해 가늠하기 시작했다.

여러 번의 시도 끝에 여자는, 개가 동물의 뼈를 가장 좋아한다는 사실을 확인했다. 인간 뼈든, 짐승 뼈든, 주변에 널리고 널린 게 뼈였다. 개는 뼈다귀를 던지는 족족 그것을 물어와 여자 앞에 내

려놓았다. 그리고는 그것을 다시 던져주길 기다렸다. 여자는 생각
했다. 멸망의 시대에 어울리지 않는 생물이라고. 요령이 생긴 여자
는 뼈다귀를 점점 더 멀리 던졌다. 그럴수록 개와 떨어져 있는 시
간 또한 길어졌다.

"물어 와!"

뼈가 믿을 수 없을 정도로 멀리 날아갔다. 개가 그 뒤를 빠르게
쫓았다. 순간 여자는 개가 달려나간 반대 방향으로 내달리기 시작
했다. 그녀는 뒤를 돌아볼 생각도 하지 않고 한참을 달렸다. 그리
고 숨을 헐떡이며 뒤를 확인했을 때, 그녀는 어디서도 개의 모습
을 찾을 수 없었다. 그럼에도 안도할 수 없었던 여자는 평소보다
배는 빠른 걸음으로 이동했다. 그녀는 해가 지고 나서야 마침내
개를 따돌렸다고 확신했다.

하지만 다음 날 아침, 여자는 자신의 코를 맹렬히 핥는 개 때문
에 잠에서 깼다. 개가 다시 나타난 것도 기겁할 일이었지만, 녀석
이 자기 코를 핥았다는 사실에 여자는 더 경악했다. 한번 코를 핥
은 개는 자꾸 여자의 얼굴을 향해 뛰어올랐다. 여자는 개를 따돌
리기는커녕, 달려드는 개를 밀쳐내기 바빴다. 개는 여자를 좋아했
다. 여자가 뼈다귀를 통해 자신과 놀이를 했다고 생각하는 게 분
명했다. 여자는 자신이 저지른 두 번째 실수를 깨달았다.

강이 그들을 가로막았을 때, 여자는 비로소 둘 사이에 확실한
선을 그을 수 있겠다고 생각했다. 길고 길었던 추격전도 끝이 보
였다. 여자는 버려진 배에 혼자 올랐고, 개를 남겨두고 강을 건너

기 시작했다. 그녀가 더럽고 혼탁한 강을 바라보며 해방감을 느끼고 있을 때였다. 뒤쪽에서 물소리가 들려 무심코 돌아보니 개가 대가리를 길게 뺀 채 헤엄쳐 오고 있었다. 물끄러미 녀석을 바라보던 여자는, 자신의 패배를 인정할 수밖에 없었다. 개는 그녀를 따라오고 싶어 했다. 개가 여자에게 원하는 건 그게 전부였다. 마치 유전자에 새겨진 어떤 본능을 따르듯이 말이다. 반대편 뭍에 다다른 여자는 지쳐 헐떡이는 개에게 두 번째 먹이를 던져줬다.

"이게 마지막이야, 망할 자식아. 두들겨 맞기 싫으면 그거 먹고 꺼져!"

하지만 여자는 자신이 또다시 그 말을 하게 될 거라는 사실을 알았다. 이 역시 여자의 유전자에 새겨진 본능인지도 몰랐다. 빌어먹을, 하고 여자는 중얼거렸다. 그때까지도 그녀는 자각하지 못했다. 자신이 개와 인간 사이의 새로운 가축화를 시작했음을 말이다.

사구 정상에 오르자, 멀리 방주가 눈에 들어왔다. 거대한 우유 방울처럼 생긴 방주는 새하얀 색과 유선형의 몸체 때문에 이 세상의 건축물 같지 않았다. 그것이 돔보다 액체 방울을 연상시키는 이유는, 반질거리는 표면 때문이기도 했지만 동그란 몸체의 하단부가 안쪽을 향해 구부러져 있었기 때문이었다. 방주의 표면은 햇빛을 받아 밝게 빛나고 있었다. 하지만 여자는 그렇게나 고대하던 목적지를 눈앞에 두고 마냥 기뻐할 수가 없었다. 방주를 중심으로 형성된 거대한 군락 때문이었다. 방주를 찾는 사람이 자신뿐일 거라고 생각한 건 아니지만 이건 좀 심했다.

여자는 자신이 태어나고 자란 방공호를 떠올렸다. 그곳의 아침은 늘 공용 화장실 앞에 늘어선 긴 줄로 시작됐다. 줄을 선 어른들은 한마디씩 투덜거리곤 했다.

"내 차례는 오지도 않겠군."

"바지에 싸고 말겠어."

마찬가지로 신경질이 난 여자는 그들을 향해 따지듯 물었다.

"왜 인간은 멸망조차 단번에 이뤄내지 못한 거예요? 네? 어떻게 이토록 어설프게 살아남아서 이 고생을 시키느냐고요!"

자신이 방공호의 유일한 생존자가 될 거라는 사실을 알았더라면, 여자는 그렇게 말하지 않았을 것이다. 어른들은 방주의 존재를 알지도 못하고 세상을 떠났다.

여자는 군락지를 내려다보며 다시 한 번 따져 묻고 싶은 심정이었다. 어째서 인간은 어설프게 살아남아 구질구질한 또 다른 줄을 만들어내고 있는지.

'이렇게 말하면 또 나만 남겨두고 다 죽어버리려나.'

여자는 잠시였지만 살짝 겁이 났다. 그녀가 생각에 잠겨 있는 동안 앞질러 가던 개가 그녀를 돌아보았다. 개는 한껏 신이 난 듯 꼬리를 흔들었다.

군락 가장자리에는 의외의 고요함이 맴돌았다. 군락은 빼곡하게 들어찬 천막들로 이뤄져 있었고, 그 사이에 좁은 골목이 불규칙하게 이어지고 끊겼다. 천막들의 상태는 엉성하기 짝이 없었다. 햇빛과 바람을 막아주는 유일한 가림막이라고는 조잡한 재료로 이어 붙인 너덜너덜한 천 조각뿐이었다. 사람이라고는 눈을 씻고 찾아봐도 없고 썩어가는 시체나 해골이 전부였다. 유령처럼 하얀 빛을 발하고 있는 거대한 뼈다귀 더미도 보였다. 사람이 살았던 흔적은 있었지만, 그곳은 쓰레기장에 가까웠다. 사구 정상에서 확인했던 사람의 흔적은 아마도 방주 앞쪽에만 집중된 것 같았다. 도태된 자들일수록 군락 가장자리로 밀려나는 것임을, 여자는 직관적으로 알아차렸다. 군락지 너머에 서 있는 방주는 잠시 사이에 더 거대해진 것 같았다. 그때 개가 맹렬하게 짖기 시작했다.

"몽실아!"

바짝 야윈 남자가 여자에게 다가오고 있었다. 한쪽 손으로 목발을 짚은 남자는 여자를 향해 남은 한 손을 뻗었다. 깜짝 놀란 여자는 남자의 배를 발로 걷어찼다. 그의 종잇장 같은 몸이 구겨지듯 나뒹굴었다. 한바탕 흙먼지가 일었다. 자기도 모르게 여자는 허리춤에 꽂아놓은 칼을 잡았다. 어른들에게 훈련받은 대로 움직인 것이지만, 칼을 실제로 사용하게 될 거라고 생각해본 적은 없었다. 그사이 힘겹게 상체를 일으킨 남자가 무슨 이유에서인지, 킥킥 웃었다. 여자의 존재를 그제야 알아챘다는 투였다.

"당신 개였소?"

남자가 자신이 아닌 개를 향해 손을 뻗은 거라는 사실을 깨달은 여자는 당황했다. 몽실이라는 외침도 그녀를 향한 게 아니었다. 여자는 놀란 마음을 들키지 않기 위해 턱을 쳐들고 큰 목소리로 말했다.

"그럼 누구 개로 보이는데?"

목발을 추슬러 일어난 남자는 뒤집어쓴 모래를 털어낼 생각도 하지 않았다. 남자의 신경은 오로지 개를 향해 있었다. 개는 남자를 피해 여자 뒤로 숨었다. 다시 개에게 다가가려던 남자는 여자의 살벌한 눈빛을 의식하고 접근을 멈췄다. 대신에 남자는 여자에게 비굴한 미소를 흘리며 말했다.

"이제 막 도착하신 모양이구먼. 내가 방주 구경을 시켜주지."

남자는 군락지 안을 가리키며 앞장섰다.

"혼자 가는 게 빠를 것 같은데."

여자는 코웃음을 치며 남자의 목발을 슬쩍 가리켰다. 남자는 기분 나쁜 기색도 없이 잠깐 목발을 들어 보였다.

"이게 내 이름이요. 목발, 이곳 사람들은 나를 그렇게 부르지."

여자는 그의 이름 따위에는 관심이 없었다. 심드렁한 그녀의 얼굴을 보고 목발이 피식 웃은 후 말했다.

"당신 혼자서는 군락을 통과할 수 없을 거요."

여자는 미심쩍어하면서도 호기심에 못 이겨 그 이유를 물었다.

"왜지?"

"여자들은 다 죽여버리거든."

군락지에는 여자가 없었다. 목발이 별일 아니라는 듯이 이어간 설명은 이랬다. 방주의 선택을 받지 못한 남자들은 분노했고, 자신의 무력함을 인정할 수 없었다. 어디서든 자신의 힘을 확인하고자 했던 그들은, 그 방편으로 여자들을 이용하기 시작했다. 강간과 폭력. 갈수록 폭력의 강도는 심해졌고, 여자들은 순식간에 모두 군락의 가장자리 밖으로 밀려났다.

"지금 당신이 서 있는 곳까지 말이요."

목발은 여자 뒤편에 산더미처럼 쌓인 해골들을 가리키며 말했다. 여자는 목발이 자신을 놀리기 위해 허풍을 치는 건 아닌가 싶어 미간을 찌푸렸다. 목발은 그런 여자의 표정이 재밌었는지 낄낄댔다.

"내 말을 믿어도 좋소. 모두 갈가리 찢겨져서 죽었지. 곱게 죽은 여자는 없어."

여자는 목발의 말을 자신이 제대로 이해한 건지 확신할 수 없었다. 목발은 여자의 의구심 어린 표정을 무시한 채 계속 말했다.

"여자들이 죽은 후에는 짐승들 차례였고. 덕분에 이 근방에는 짐승들도 씨가 말랐어. 그나마 짐승들이 여자들보다 좀 더 오래 살아남은 셈인가."

목발이 어깨를 으쓱이며 말했다.

"여기선 약한 게 죄인 걸 어쩌겠어. 하지만 당신이라면 방주에 탈 수 있을 것 같은데."

여자는 그 말을 자기 발길질이 쓸 만하다는 뜻으로 알아들었다. 그게 아니라면 그녀의 허리춤에 매달린 단검을 두고 하는 소리일 것이다. 멸망 이후 총기 같은 현대식 무기는 빠르게 자취를 감췄다. 생산이 불가능한 상황에서, 소비되는 무기는 오래 갈 수 없었기 때문이다. 모두들 칼이나 창, 망치 같은 구식 금속 무기로 돌아갔고 그마저도 구하기가 어려웠다. 하지만 모를 일이었다. 어떤 인내심 강한 인간이 남몰래 수류탄 하나를 남겨놨다고 해도 놀랄 일은 아니었다.

"이런 곳에서 내가 당신을 왜 믿어야 하지?"

여자는 턱으로 뼈다귀 더미를 가리키며 말했다.

"당신이 여자라는 사실은 나한테 중요한 게 아니요. 지금 우리가 방주에서 제일 거리가 먼 사람들이라는 게 중요한 거지."

목발은 자기가 서 있는 땅을 가리키며 대답했다. 하지만 여자는 의심의 눈초리를 거두지 않았다. 목발은 한숨을 내쉬며 말했다.

"걱정 마슈. 여자든 남자든 내가 누군가를 해치는 게 가능할 거라고 생각하쇼? 난 저 개 한 마리도 죽이지 못할 거요."

여자는 조금 누그러진 말투로 목발에게 물었다.

"아까 개를 왜 몽실이라고 부른 거야?"

목발은 앞장서 군락으로 들어서며 대답했다.

"난 모든 개를 몽실이라고 부른다오."

목발은 개를 데리고 가는 건 너무 위험하다며 개에게 목줄을 걸어 말뚝에 매어두었다. 그러고는 여자의 얼굴과 손에 붕대를 감았다.

"문둥이로 변장하면 여자라는 것도 숨길 수 있고, 그것보다 일단 아무도 가까이 오지 않거든. 혐오스러울 정도로 약한 게 어설프게 약한 것보다 낫지."

74

여자는 순순히 목발의 말을 따랐다. 아직까지 그녀는 충격에서 벗어나지 못하고 있었다. 여자를 찢어 죽인다니. 상상해본 적도 없는 일이었다. 조심해서 나쁠 건 없었다. 목발의 뒤를 따르던 여자는 붕대를 감은 오른손으로 단도 손잡이를 움켜쥐었다.

시체나 해골만 즐비하던 가장자리와 달리, 군락지의 중심에 가까워질수록 살아 있는 남자들이 눈에 들어왔다. 여자는 죽은 자들이 살아나고 있는 듯한 착각이 들었다. 방주에 다가갈수록 남자들의 나이는 젊어졌으며, 신장이 커졌고, 그들의 몸에는 근육이 붙었다. 천막 상태도 마찬가지로 양호해지고 있었다. 다만 중간 단계가 생략된 것처럼 변화는 급격했다. 살아 있는 남자들은 목발처럼 극도로 약하거나, 건장하거나 둘 중 하나였다.

군락을 통과하자 넓은 빈터가 나왔다. 마치 방주의 힘에 의해 군락이 밀려난 모양새였다. 코앞에서 바라보는 방주는 훨씬 거대해 보였다.

"저게 방주의 입구요."

목발은 방주의 한 부분을 가리켰다. 매끈하게 이어진 방주의 표면에서 유일하게 돌출되어 있는 부분이었다. 입구라고는 하지만 그것은 유리문이 달린 일종의 밀폐형 승강기로, 물방울처럼 안쪽으로 구부러진 방주의 아래쪽 표면에 수직으로 설치되어 있었다. 그것은 마치 방주가 내려준 동아줄처럼 보였다. 강화유리로 된 승강기의 문은 항상 열려 있다고 했다. 목발은 승강기 쪽으로 걸어가면서 주변을 살폈다. 그는 낮은 목소리로 여자에게 설명했다.

"리프트에 올라서면 자동으로 문이 닫혀. 열화상 카메라가 생명체를 감지하거든."

"살아만 있으면 된다? 간단하네."

"그 다음에 실내를 가득 채우는 붉은 불빛이 나와서 시험대에 올라선 사람의 전신을 스캔하지. 그 스캔 내용이 방주에 탑재된 인공지능에 전달되는 거고."

여자는 쳇, 하고 혀를 찼다.

"간단할 리가 없지."

"리프트에 올라탄 자가 방주에 들어갈 만한 존재인지 판단하는 거야. 물론 불합격 판정을 받으면 리프트는 움직이지 않고 문은 다시 열려."

목발은 아주 오랫동안 합격 판정이 나지 않았다고 덧붙였다.

입구 앞 빈터에는 건장한 4, 50명의 남자들이 몰려 있었다. 육체가 온전한 남자들이란 사실상 그들이 전부 같았다. 여자는 군락의 크기에 비하면 매우 적은 숫자라고 생각했다. 그들은 한창 싸움 구경 중이었다. 목발은 여자에게 싸움을 벌이는 2명의 남자에 대해 귀띔했다. 군락지 서열 1위인 하비에르와 2인자 털보였다. 그들은 각각 커다란 칼과 창을 휘두르고 있었다. 그러나 말이 칼과 창이지, 사실상 그것들은 고철 더미에서 뜯어낸 금속에 날을 내서 만든 물건에 불과했다. 그래서 무기들은 육중하고 거칠어 보였다.

"싸우는 게 이것들의 일과지."

목발은 경멸을 담아 여자에게 속삭였다. 가장 우월한 유전자만 살아남을 수 있다는 믿음 속에서, 남자들은 누군가를 밟고 올라서는 것을 위안으로 삼았다. 강한 자와 강해지려 발버둥 치는 남자들의 우글거림이 여자에게 고스란히 전해졌다. 칼과 창이 맞붙으며 굉음을 만들어내는 동안, 근육질의 남자들은 의미를 알 수 없는 괴성을 내지르고 있었다. 확실히 여자가 끼어들 여지는 없어 보였다. 그녀는 자신이 지닌 단도가 장난감처럼 느껴져 슬그머니 옷을 끌어내려 그것을 가렸다.

팽팽하던 칼과 창의 합은 하비에르의 일격으로 균형을 잃었다. 여자는 사람의 두개골이 칼에 의해 쪼개질 수 있다는 사실을 처음 알았다. 일격을 막고자 했던 털보의 창도 두 조각이 났다. 목발에 의하면 그것이 바로 하비에르의 특기라고 했다. 그는 그 특기로 2인자들을 5명이나 갈아치웠다.

싸움이 끝나자 목발은 어깨에 매고 온 커다란 자루를 내려놓았다. 시체의 들것으로 쓰이는 자루였다. 외곽으로 밀려난 목발이 방주 근처까지 올 수 있었던 건 그것 덕분이었다. 목발은 다친 사람이나 시체를 외곽으로 옮기는 일을 했다. 평소에는 목발 혼자 들것을 외곽으로 끌고 갔지만, 이제는 여자가 있었다. 목발은 자루의 한쪽 끝을 그녀에게 맡겼다. 남자들은 목발이나 여자에게 관심을 기울이지 않았다. 그들에겐 싸움과 그 결과만이 중요한 것 같았다.

싸움을 마친 하비에르는 대수롭지 않다는 듯 이마의 땀을 훔치고는, 리프트 앞 자기 자리로 돌아갔다.

"저 자식은 아무도 리프트 근처에 못 오게 아예 저기서 먹고 자. 지가 못 올라간다면, 남들도 못 올라간다는 거지. 더러운 자식."

목발은 털보의 머리에서 쏟아진 것들을 대충 치우면서 여자에게 속삭였다. 하비에르는 매일 한 번씩, 리프트에 올랐다. 깨끗이 씻고 명상을 마친 후 옷을 전부 벗은 채였다. 중요한 의식처럼 그 일은 매일 치러졌지만 1인자의 간절한 소망에도 리프트는 움직이지 않았다. 나머지 남자들은 그 꼴을 멍청하게 지켜보는 것 말고는 할 수 있는 게 없었다. 그저 자기에게 돌아올 기회를 엿보며 몸과 무기를 갈고 닦는데 전념했다. 간혹 경쟁자들을 제거하면서 말이다. 하지만 그것도 얼마나 지속될지 알 수 없었다. 방주 안에서 방출되던 인공 식량이 뜸해지고 있었다. 먹을 걸 독점해오던 하비에르와 건장한 남자들은 더욱 인색해졌다. 그들은 방주의 카운트다운이 시작됐다고 생각했다. 조만간 방주의 문은 영원히 닫히고 만다. 진짜 멸망이 다가오고 있었다. 사람들의 얼굴에는 초조한 기색이 어려 있었다. 목발과 여자는 털보의 시체를 외곽으로 옮겼다. 그의 몸뚱이는 한창 썩어가고 있는 다른 시체 위에 포개어졌다.

밤이 되자 목발은 군락지 외곽에 자리를 잡고 불을 피웠다. 추위를 막기에는 턱없이 부족한 열기였지만 불평할 처지가 아니었다. 개는 불가에 놓인 여자의 배낭에 들어가 잠들어 있었다. 여자는 절망했다. 살아남아 이곳까지 왔지만, 방주에 들어갈 방법이 보이지 않았다.

"왜 어설프게 멸망을 해가지고 사람 피곤하게."

"뭐라고?"

여자는 신경 끄라는 뜻으로 허공을 몇 번 휘저었다. 여자의 짜증에 목발은 손가락으로 자신을 가리키며 그녀를 위로했다.

"여기, 나를 보면서 위안을 삼으라고. 난 10년도 넘게 이 꼴이야."

가뜩이나 분개하던 여자는 목발에게 쏘아붙였다.

"나도 10년을 기다리라는 거야?"

엉덩이를 들썩인 여자는 내친 김에 따지듯이 쏟아냈다.

"아니, 그 정도로 못 들어가면 그냥 못 들어가는 거 아니야? 지금까지 방주에 들어갔던 사람이 있기는 해? 응?"

목발은 태연히 고개를 끄덕였다.

"다들 인공지능이 망가진 게 분명하다고 했어. 그 정도로 아무도 못 들어갔지."

여자가 다시 한차례 분통을 터뜨리려는데, 목발의 말이 이어졌다.

"8년 전, 그 남자를 제외하고는 말이야."

그는 거대한 덩치의 소유자였다. 군락의 남자들은 그의 등장에 모두 긴장했다. 그들 중 누구도 덩치에 필적할 만한 신체 조건을 갖추지 못했기 때문이다.

"산 같은 놈이었어. 아무 말도 없이 리프트를 향해 곧장 걸어가는 거야. 그때만 해도 리프트 앞은 비어있었거든. 그냥 두고 볼 수야 없지. 신참 주제에 신고식도 안 하고 말이야. 먼저 3명 정도가 그 자식 앞을 가로막았어. 어떻게 됐겠어? 그 자식은 상대가 몇이

건 상관이 없는 놈이었어. 간단하게 3명을 쓰러뜨리고 나서도, 뒤이어 달려든 20명을 때려눕혔어. 20명을 동시에 말이야. 하비에르 그 자식은 상대도 안 될 거야. 덩치 그놈은 달려드는 걸 방어만 했을 뿐이거든."

목발은 어느새 그 남자를 덩치라는 이름으로 부르고 있었다. 그는 감탄한 듯이 중얼거렸다.

"대단했지… 정말 대단했어."

여자는 그런 목발의 추임새가 거슬렸다. 그게 뭐 대단한 무용담이라도 된다고 감상에 젖는단 말인가. 여자는 결론부터 말하라고 쏘아주고 싶었지만, 말이 더 길어질까 봐 잠자코 있었다.

"달려드는 놈들을 다 처리하고 나더니 다시 리프트로 걸어가더라고. 아무 일도 없었다는 듯이 말이야. 그걸 다들 지켜볼 수밖에 없었다니까? 머릿속에 불길한 예감이 스쳤지. 그리고 그 예감은 틀리지 않았어. 리프트가 덩치를 방주 안으로 데려갔거든."

여자는 목발이 이 이야기를 수도 없이 해왔을 거라고 생각했다. 그의 이야기는 막힘이 없었고, 극적으로 만들려는 유치한 시도들이 느껴졌다. 목발의 이야기를 다 들은 여자는 콧방귀를 뀌며 물었다.

"그때도 시체들을 치웠나?"

목발은 발끈하며 대답했다.

"무슨 소리. 나는 덩치에게 덤벼들었던 남자들 중 하나였어. 내가 목발 신세를 진 게 그때부터였지."

덩치의 사례는 인공지능의 기준에 대한 하나의 이정표가 되었고, 강함에 대한 확신을 더해줬다. 그 후로 남자들이 싸움과 몸 키우기에 더 열을 올리게 된 건 말할 것도 없었다. 하지만 여자는 그 이야기에서 어떤 희망도 발견할 수 없었다.

"그래서 어쩌라고? 나보고 20명을 쓰러뜨리라는 거야?"

목발은 조용히 웃으며 고개를 저었다.

"다들 덩치에 대해서 잘못 알고 있어. 나는 그놈의 비밀을 알아. 오직 나만 알고 있는 비밀이지."

목발이 이글거리는 목소리로 말했다.

"박살 난 무릎을 감싸 쥐고 뒹굴고 있을 때였어. 놈이 내 곁을 지나칠 때, 이런 말이 들리더라고. '몽실아, 이제 다 끝났어.' 속삭이는 말이었지만 분명히 들었지. 뭔 소린가 하고 고개를 돌렸더니, 그놈 품에 조그만 개가 안겨 있는 게 보이는 거야."

목발이 개에 집착했던 건 그 때문이었다. 그 일 이후 목발은 눈에 들어온 모든 개를 몽실이라고 불렀다. 그동안 수많은 몽실이가 그를 거쳐 갔다. 그리고 그중에서 여자의 개가 몽실이와 가장 흡사한 생김새를 가졌다. 목발은 잠든 개에게 시선을 고정하고 말했다.

"같은 종인 것 같아. 털이 복슬복슬하고 주둥이가 짧지도 길지도 않은… 이걸 뭐라고 부르는지는 모르겠지만, 확실해. 같은 종이 분명해."

여자는 목발이 무슨 말을 하려는 건지 가늠이 되지 않았다. 목발은 여자의 눈을 똑바로 바라보며 말했다.

"모르겠어? 개랑 같이 리프트를 타면 방주에 들어갈 수 있다고. 물론 나 혼자서는 힘든 일이지. 하지만 당신이 조금만 도와준다면… 그러니까 당신과 내가 개를 데리고 같이 방주에 오를 수 있다는 말이야."

목발이 여자에게 덩치의 비밀을 알려준 건 그 때문이었다. 하지만 여자는 납득이 되지 않았다. 그녀는 눈살을 찌푸렸다.

"개하고 우월한 유전자가 도대체 무슨 상관이 있단 말이야?"

여자의 말에 목발이 질색하며 고개를 가로저었다. 그는 진지하게 말을 이었다.

"나도 한때는 근육 덩어리였고, 머리도 상당히 좋은 놈이었다고. 지난 10년 동안, 방주의 기준을 맞춰보려고 내가 무슨 짓인들 안 해봤겠어? 별의별 방법을 다 써봤지. 모든 가능성을 시험해봤다고. 그래서 내가 깨달은 게 뭔지 알아? 응? 인공지능의 선별 기준은 인간이 절대로 이해할 수 없다는 거야. 알아? 인간의 상식으로 그걸 이해하려고 하면 안 된다, 이 말이야. 그냥 알 수 없는 기준이 있고, 그것을 조금씩 더듬거리면서 찾아가는 수밖에 없다고. 그걸 명심해야 돼. 이유는 아무런 의미가 없어. 기준은 그냥 기준일 뿐이야. 이해하려 할수록 이해할 수가 없다고."

여자는 목발의 말에 마땅히 대꾸할 말을 찾아내지 못했다. 그렇다고 그의 말에 동의하는 것도 아니었다. 그녀가 어물거리자 목발은 자신의 설명이 썩 괜찮았다고 생각하는 모양이었다. 자기 확신에 찬 그는 나머지 남자들을 비웃었다.

"그래도 방주를 신으로 섬기는 돌대가리들보다는 내가 낫지. 매번 절망만 안겨주는 신이 도대체 무슨 소용이겠어? 그놈들은 언제나 다시 희망을 만들어내지. 정성이 부족했다, 정결하지 못했다, 타이밍이 안 맞았다… 이유야 얼마든지 만들어낼 수 있거든. 종교란 게 원래 그렇게 자위하는 거긴 하지만."

목발은 자신의 방식이 경험과 증거에 근거한 것임을 강조했다.

"가진 게 근육밖에 없는 놈들은 절대로 할 수가 없는 생각이지."

여자는 잠시 동안 생각을 했다. 그녀는 초짜였고, 그는 베테랑이었다. 10년 이상 시도해온 사람의 말을 쉽게 무시할 수는 없었다. 그녀는 그의 말에서 뭔가 납득할 수 있는 구석을 찾아보려고 노력했다.

"그래… 뭐, 방주 안에 동물들이 부족할 수도 있는 거고."

"그거야 들어가보면 아는 거고. 우리가 벌써부터 걱정할 일은 아니라고. 우리야 들어가기만 하면 되는 거 아니겠어?"

목발은 자신에게 계획이 있다고 했다. 하지만 여자는 곧 다른 걱정이 들었다.

"하지만… 만약 실패하면?"

목발은 느긋했다.

"그래서, 포기하고 싶은 거야? 아니면 무슨 뾰족한 다른 수라도 있는 거야? 현실을 직시하라고. 왜 지금 나 같은 병신이랑 이런 데서 추위에 떨고 있는지 말이야."

맞는 말이었다. 여기까지 와서 방주를 포기하고 돌아가는 건 생각할 수도 없었다. 목발의 제안은 그녀에게 유일한 희망처럼 보였다. 여자는 목발이 했던 말을 받아들이려고 노력했다. 이유는 의미가 없다. 기준은 그냥 기준일 뿐이다. 이해하려 할수록 이해할 수 없다. 유일한 선택지가 그것뿐이라는 걸 알면서도 그녀는 자신의 처지가 서글프게 느껴졌다. 하지만 목발은 이미 결론이 났다고 생각한 것 같았다. 불쑥 불 너머로 손을 내밀면서 말했다.

"내일이야. 내일 다 끝내자고."

여자는 잠시 눈을 질끈 감고 방공호의 화장실을 생각했다. 그녀는 조용히 중얼거렸다.

"바지에 싸는 것보단 낫겠지."

여자는 결심한 듯, 목발의 손에 자신의 손바닥을 마주쳤다. 그 소리에 잠이 깬 개가 어리둥절한 얼굴로 고개를 갸우뚱했다.

다음 날, 두 사람은 다시 군락의 중심으로 향했다. 이번에는 여자의 배낭에 개를 숨긴 채였다. 개는 얌전히 배낭으로 들어가긴 했지만 잊을 만하면 낑낑대는 소리를 냈다. 덕분에 여자는 팔꿈치를 이용해 주기적으로 배낭을 찔러야 했다. 그들의 최우선 목표는 리프트를 막아서고 있는 하비에르를 끌어내는 일이었다. 목발은 2인자들의 연이은 도전을 이용해 하비에르를 유인하고자 했다. 털보의 죽음으로 서열 2위가 된 '늑대'의 이름을 빌리자는 게 그의 계획이었다. 목발이 빈 들것을 가지고 하비에르에게 다가간다. 그리고 준비한 말을 내뱉는다.

"늑대가 보내서 왔소."

그것은 '늑대가 당신의 시체를 치우라고 시켰다'라는 의미를 담은 말이었다. 도전 의사를 밝히는 일종의 도발이었고, 그 도발을 전하는 것 또한 목발이 군락에서 맡고 있는 또 하나의 중요한 일이었다. 화가 난 하비에르가 늑대의 거처로 발길을 옮기는 건 당연한 수순이었다.

"만약 진짜로 싸움이 벌어지면?"

곰곰이 상황을 그려보던 여자가 물었다.

"그렇게만 된다면 고마운 일이지. 리프트는 비고, 모두 싸움 구경이나 하고 있을 테니까. 그사이에 우리는 방주로 들어가는 거야. 누워서 떡 먹기지."

하지만 목발의 말처럼 일이 쉽게 돌아가지는 않았다. 예상치 못한 싸움이 벌어진 것이다. 순위권 안에도 들지 못하는 약한 자들끼리의 싸움이었다. 약자들이기에 그들의 싸움은 더욱 처절했다. 혈투 끝에 치워야 할 송장 하나가 생겼고, 사람들은 지나가던 목발을 불러 세웠다.

"목발! 어서 와서 이 더러운 시체 좀 치워. 벌써 썩어가고 있다고!"

목발과 여자는 잠시 망설이며 시선을 교환했다.

"뭐하는 거야, 빨리 튀어 오지 않고! 두들겨 맞고 싶어?"

목발과 여자는 어쩔 수 없이 싸움이 벌어진 곳으로 갔다. 그런

데 흥분이 채 가시지 않은 몇몇 구경꾼이 목발의 다리를 걸어 넘어뜨렸다.

"아이고, 애쓴다. 송장이 송장을 치우네."

구경꾼들은 낄낄대면서 넘어진 목발에게 침을 뱉었다. 굴욕적인 상황에서도 목발은 대응을 하지 않았다. 넘어진 채로 가만히 조롱이 끝나길 기다릴 뿐이었다. 그게 이곳에서 목발이 살아가는 방식이었다. 칭칭 감은 붕대 덕분인지 여자는 아무도 건드리지 않았다. 하지만 여자도 목발처럼 무기력하긴 마찬가지였다. 멀찌감치 바닥에 엎드린 목발을 지켜보는 것만으로 모멸감에 몸을 떨던 그녀는 배낭에서 개가 낑낑대는 것도 알아채지 못했다.

"무슨 소리야, 이게?"

구경꾼 중 하나의 시선이 여자에게로 옮겨 왔다. 당황한 여자는 몸을 반쯤 돌려 눈에 띄지 않게 연거푸 팔꿈치로 배낭을 쳤다. 하지만 여자의 어설픈 신호는 개를 더 자극하고 말았다. 개는 구슬픈 신음 소리로 답답함을 호소했다. 다른 구경꾼들이 목발을 툭툭 건드리며 조롱하는 사이, 여자에게 주목한 남자는 모로 돌린 여자의 얼굴을 유심히 살피면서 다가왔다. 개는 소리를 멈출 생각이 없는 것 같았다. 남자의 손이 여자의 어깨를 향했다. 그녀를 돌려세우려는 것 같았다.

여자는 남자의 손이 어깨에 닿기 직전, 홱 고개를 돌려 남자를 봤다. 갑작스런 여자의 움직임에 깜짝 놀란 남자가 손을 거둬들였다. 여자는 급한 마음에 붕대 사이로 입을 크게 벌려 자신이 신음

소리를 내는 것처럼 흉내를 냈다.

"히이이익, 히이, 히이…"

효과가 있었는지 남자는 눈살을 찌푸리며 더 이상 다가오려 하지 않았다. 자신감을 얻은 여자는 더욱 적극적으로 개의 신음 소리를 연기하기 시작했다. 이를 드러내고 떨리는 손을 들어 기묘한 몸짓을 더하자 개의 신음 소리는 그럴듯하게 여자의 입에서 나오는 것처럼 보였다.

"에이씨, 기분 나쁘게."

남자는 바닥에 침을 뱉으며 뒤로 물러섰다.

"왜 그래? 뭔데?"

무리 중 다른 남자가 뒤에서 물었다.

"몰라, 알고 싶지도 않아."

목발과 여자 모두에 흥미를 잃은 그들은 하나둘 자리를 떴다. 여자가 안도의 한숨을 내쉬고 있을 때, 목발은 말없이 몸을 일으켜 시체를 들것에 옮기기 시작했다. 개는 제풀에 지쳤는지 잠잠해졌다. 목발을 도와 시체를 치우던 여자는 텅 빈 목발의 얼굴에서 분노를 읽었다.

여자와 함께 들것을 들고 중심지를 빠져나온 목발은 돌연 빈 천막으로 방향을 옮겼다. 뒤따르던 여자는 영문도 모른 채 천막 안으로 따라 들어갔다. 시체를 내려놓기가 무섭게 목발은 여자에게 말했다.

"더 이상 시간 낭비할 수 없어. 지금 당장 하비에르를 유인하러 가야겠어."

"뭐? 갑자기 계획을 바꾸면 어떻게 해!"

여자는 신경질을 냈다.

"계획은 어차피 처음부터 어그러졌어. 밖이 소란해질 때까지 여기서 기다려."

목발은 이미 몸을 돌려 천막 밖으로 향했다.

"아무리 그래도 그렇지… 잠깐 기다려봐!"

여자는 일방적인 목발의 행동에 답답했는지 얼굴을 감은 붕대를 거칠게 풀었다. 천막을 나서던 목발이 뭔가 생각난 듯 몸을 돌려 말했다.

"아, 그리고 그동안 개 앞다리를 잘라둬. 반드시 왼쪽 다리를 잘라야 해. 알았지?"

붕대를 풀어내던 여자의 손이 멈칫했다. 개가 배낭 안에서 꿈지럭거리는 게 느껴졌다.

"뭐?"

목발은 그동안 무수한 방법을 시도했다. 처음에는 개와 함께 리프트를 타는 것만으로 방주에 들어가는 게 가능할 거라고 여겼다. 하지만 리프트는 움직이지 않았고, 여러 번 다시 시도 해봐도 결과는 마찬가지였다. 화가 난 목발은 분위기 파악을 못 하고 자신에게 들러붙는 개에게 화풀이를 했다. 개는 영문도 모른 채 얻어맞아야 했다. 그 이후에도 목발은 포기하지 않고 계속 리프트에 올랐다. 방법이 있을 거라고 생각했다.

그러다 자신에게 맞아 피를 흘리는 개를 데리고 리프트에 탔을 때였다. 열화상 카메라가 개를 향해 조금 움직였다. 그 전에는 한 번도 없던 일이었다. 그 작은 움직임이 목발에게는 거대한 도약처럼 느껴졌다. 그는 개의 상처와 피에 집중했다. 그 뒤로 개에 대한 폭력은 점점 강도가 심해졌다. 그리고 그때마다 카메라는 더 많이, 더 오래 움직였다. 뭔가를 살피는 기색이 역력했다. 개와 목발을 스캔하는 시간도 점점 더 길어졌다. 많은 개들이 죽어나갔다.

마지막 시도가 실패하고 리프트에서 내려오던 날, 목발은 한 가지 사실을 기억해냈다. 덩치의 품에 있던 몽실이가 외발이었다는 사실을 말이다. 몽실이의 왼쪽 앞다리는 비어 있었다. 그것이 잊고 있던 기억인지, 목발의 욕망이 만들어낸 기억인지는 분명치 않았다. 그걸 확인해보기 위해서라도 다시 시도해야만 했다. 하지만 상처가 깊었던 마지막 몽실이는 앞다리를 자르다 죽어버렸다. 그 후 목발은 더 이상 개를 구할 수 없었고 하비에르 때문에 리프트에 접근할 수도 없었다. 그렇게 초조한 시간을 보내는 동안 몽실이의 잘린 앞다리에 대한 기억은 목발의 머릿속에서 부인할 수 없는 사실이 되었다.

그리고 마침내 여자와 개가 나타난 것이다. 목발에게 그것은 하나의 계시처럼 보였다. 여자의 개는 몽실이와 꼭 닮아 있었다. 녀석의 왼쪽 앞다리만 자른다면 분명, 방주로 들어갈 수 있을 것이다.

자초지종을 전해들은 여자는 유일했던 희망이 사라지는 걸 느졌다. 목발이 여자를 재촉했다.

"왜, 내가 할까? 그럼 당신이 하비에르를 유인하든가."

"그만둬."

여자가 말했다. 목발의 표정이 변했다.

"뭐?"

"그게 뭔지는 모르겠는데, 분명히 다른 방법이 있을 거야. 그리고 그게 뭐가 됐건 간에, 지금 이 짓보다는 말이 될 거고."

목발은 답답하다는 듯 짜증을 냈다.

"어제 내가 한 말 잊었어? 제발 이해하려고 하지 말라고. 이유는 중요하지 않아! 이것 말고는 방법이 없다니까!"

하지만 여자는 더 이상 남자의 말을 듣고 싶지 않았다. 그녀는 그저 화가 났다. 가방 속에서 꿈지럭거리고 있는 개가 일순 죽은 고깃덩이처럼 느껴져서 소름이 돋았다. 뭐라고 계속 설득하는 말이 들렸지만, 여자는 그의 말을 끊고 물었다.

"도대체 이 짓을 몇 번이나 해온 거야?"

남자는 넌더리가 난다는 듯 소리 질렀다.

"8년이라고, 8년!"

남자의 일갈에 여자는 칼을 반쯤 뽑았다. 목발을 짚은 왜소한 남자 정도는 단숨에 제압할 자신이 있으면서도, 여자는 그의 호통에 두려운 마음이 솟았다. 그녀는 자신의 두려움을 숨기며 나지막한 목소리로 위협했다.

"멍청한 짓은 그쯤 해둬. 개한테 손대면 죽여버릴 테니까."

여자의 말에 목발의 분노는 한계치에 이른 게 분명했다. 하지만 그는 여자가 칼을 뽑은 걸 보고는 더 이상 큰 소리를 내지는 않았다. 대신 악의에 찬 웃음을 짓고는 이죽거렸다.

"혼자서 잘 해보라고."

목발은 여자를 두고 밖으로 나가버렸다. 혼자 남은 여자는 칼에서 손을 뗐다. 그녀는 두근거리는 마음을 애써 누르며 가방에서 개를 꺼냈다. 비로소 자유로워진 개는 먼지를 떨어내듯 온몸을 흔들었다. 그 움직임이 여자의 마음을 안심시켰는데, 그것은 그녀 자신에게도 놀라운 일이었다. 그녀는 어느새 개가 상처 입거나 죽을까 봐 걱정하고 있었던 것이다. 내가 개를 위해서 왜 이렇게까지 하는 거지? 목발의 말대로 한다고 해서 손해 보는 건 없을 텐데. 내가 설마 개를 키우고 있는 건가? 여자가 생각하는 동안 개는 호기심을 가지고 천막 안의 냄새를 맡기 시작했다.

'설마.'

생각과 다르게 여자의 손이 개의 머리를 쓰다듬었다. 개는 자연스럽게 여자의 손길을 받아들였다. 아니, 손길을 받아들인다는 말로는 부족했다. 그것을 만끽하고 있었다. 하지만 그 손길은 개를 위한 것이라기보다는 여자 자신을 위한 것이었다. 여자는 마음이 진정되는 것을 느꼈다. 그녀는 문득 개와 함께 산다는 것이 무슨 말인지 알 것 같았다. 분명 그녀는 개에게 길들고 있었다.

그러자 여자의 머릿속에 하나의 생각이 떠올랐다. 방주의 인공지능은 혹시 개의 상태뿐 아니라 사람의 상태까지 보는 것이 아닐까. 정확하게 무엇을 보는지는 알 수 없지만, 개와 인간이 함께 있을 때의 신체 반응을 보는 건 아닐까. 여자는 생각했다, 그래서 목발은 리프트를 움직이지 못한 거야.

"저딴 인간은 개랑 같이 살아 본 적이 없는 거야. 그래 어쩌면……."

여자는 개를 지긋이 바라보았다. 개는 고개를 갸웃거리며 여자를 마주보았다. 멍청하게 뜬 까만 눈을 보며 여자는 자기도 모르게 피식 웃었다. 그때, 밖에서 목발의 목소리가 들려왔다.

"여자다, 여자! 저년 잡아라!"

여자는 천막에서 뛰쳐나왔다. 목발의 외침이 계속되고 있었다. 그러나 당황한 여자는 그의 위치조차 파악할 수 없었다. 이미 멀리서 남자들이 하나둘 모습을 드러내고 있었다. 건장한 자와 그렇지 못한 자 모두 다를 바 없었다. 그들의 눈에는 광기와 욕망, 그리고 어이없게도 호기심과 장난기가 어려 있었다. 가까운 거리는 아니었지만 여자는 생생히 느낄 수 있었다. 그녀는 그 희번덕거리는 눈빛을 영원히 잊을 수 없을 거라고, 생각했다.

개를 대하던 때와는 또 다른 본능이 여자를 덮쳤다. 그녀는 급히 개를 가방에 넣어 입구를 봉했다. 그 가방을 천막 안에 남겨둔 후 밖으로 튀어나갔다. 이미 지척인 남자들이 괴성을 지르며 뛰어오고 있었다. 여자는 뒤돌아 달리기 시작했다. 함성 소리가 여자를 향해 방향을 바꿨다.

남자들이 모두 사라지고 나자 모습을 드러낸 목발이 조용히 천막 안으로 들어갔다. 그는 가방에서 개를 꺼내 안고 리프트를 향해 유유히 사라졌다. 그의 한 손에는 전지가위가 들려 있었다. 검붉은 피가 가윗날에 말라붙어 있었다.

여자는 미로 같은 군락을 달렸다. 자신이 달리고 있는 방향을 파악할 수조차 없었다. 예상치 못한 곳에서 남자들이 튀어나왔다. 여자는 그들이 자신을 한 방향으로 몰고 있다는 사실을 깨달았다. 그녀는 한낱 먹잇감에 불과했다. 이 미로를 벗어나야 했다. 필사적으로 길을 뚫고 여자가 방주 쪽 공터로 나아가려는 찰나, 그녀를 따라잡은 한 놈이 옷자락을 움켜잡았다. 그녀는 단숨에 손을 뿌리치고 녀석을 때려눕혔다. 하지만 뒤이어 덤벼드는 놈들의 숫자가 너무 많았다. 일대일이라면 해 볼 만했지만, 그것도 안간힘을 썼을 때의 이야기였다. 몰아치는 적들을 연달아 상대하기에는 체력이 받쳐주지 않았다. 여자는 칼을 뽑아들 생각조차 하지 못하고 남자들에게 두들겨 맞기 시작했다.

정신없이 얻어맞는 중에도 여자는 이들이 도대체 왜 자신을 때리는 건지 이해할 수 없었다. 그들의 폭력에는 알 수 없는 분노가 서려 있었다. 마치 여자가 모든 문제의 원인이라도 된다는 듯 말이다. 그들은 소중한 것을 훔쳐간 도둑이라도 잡은 것처럼 굴었다. 이 불필요한 폭력은 뭐란 말인가. 강간이라면 또 모를까. 물론 그짓도 나중에 하겠지만.

머리를 가까스로 감싼 여자가 필사적으로 소리를 지르기 시작했다. 처음에는 단순한 비명처럼 들렸다. 하지만 남자들은 곧 그게 어떤 내용을 담고 있는 말이라는 걸 깨달았다.

"개! 개를 잡으라고 이 등신들아! 개를 데리고 타면 리프트가 움직인다고!"

여자가 가리키는 곳으로 모두의 시선이 돌아갔다. 그곳에는 군락을 빠져나와 개를 안고 리프트로 향하는 목발의 모습이 보였다. 하비에르는 어디 갔는지 리프트 앞은 비어 있었다. 개는 남자의 품에서 버둥거리고 있었다. 다행히 아직 앞다리를 잘리진 않은 것 같았다.

순간 남자들의 눈에 전혀 다른 빛이 어렸다. 여자는 알아챘다. 그들이 여자의 말을 믿을 필요는 없었다. 하지만, 누군가가 방주로 들어가는 걸 보느니 누구도 들어가지 못하는 편이 낫다고 생각하는 게 빤히 보였다. 그들 역시 하비에르와 다를 바가 없었다. 남자들은 여자를 쫓을 때보다 훨씬 빠르게, 목발을 향해 뛰기 시작했다. 추격자들을 눈치채고 속도를 내던 목발은 균형을 잃고 꼴사납게 넘어졌다. 오랜 시간 그를 지탱해주던 그의 목발이 힘없이 부러졌다. 리프트가 얼마 남지 않은 상황이었다. 목발이 넘어지면서 개가 자유로워졌다. 남자들은 목발을 버려두고 개를 향해 뛰기 시작했다.

힘겹게 일어난 여자는 남자들의 뒤를 따라 달렸다. 눈이 부어올라 앞이 잘 보이지 않았다. 걸음을 내딛을 때마다 옆구리가 찢어질 듯 아파 왔다. 개와 자신을 위해 뭔가를 해야 했다. 여자는 절뚝이면서도 무작정 달렸다.

개는 자신을 향해 미친 듯이 달려드는 남자들을 보고 한껏 흥분했다. 두어 번 맹렬하게 짖던 개는 방향을 바꿔 달아나기 시작했다. 개는 잽싸게 남자들을 따돌렸다. 남자들은 함성을 지르며 개를 쫓았다. 여자는 무리를 끼고 바깥쪽으로 돌았다. 개와는 반대 방향이었다. 그러다 쓰러진 채 개를 향해 울부짖고 있던 목발을 발견했다.

"몽실아! 몽실아!"

여자는 그를 본 순간 깨달았다. 여자가 그의 말대로 움직였더라도, 목발은 여자를 버렸을 것이다. 하비에르를 유인하겠다고 속인 후 여자의 존재를 사방에 알렸을 것이다. 거기까지 생각하니 여자는 속에서 불이 치밀어 오르는 걸 느꼈다. 그녀는 허리춤의 칼을 뽑아들고 목발에게 달려들었다.

"이 개새끼!"

그때 함성 소리가 방향을 바꿨다. 여자는 개가 자신을 발견하고 방향을 바꿔 달려오고 있는 걸 알아챘다. 여자는 순식간에 개와, 개를 쫓는 남자들과, 자기 앞에 쓰러져 있는 목발을 보았다. 동물적 판단이 여자의 머리에서 일어났다. 개는 살릴 수 있다. 여자는 품에서 뼈다귀를 꺼내 있는 힘껏 리프트를 향해 던졌다. 뼈다귀가 손끝을 떠남과 동시에 여자는 소리쳤다. 마치 목소리가 크면 뼈다귀가 더 멀리 날아갈 수 있다는 듯이.

"물어 와!"

잔뜩 흥분한 개는 마치 고무공처럼 튕기듯이 방향을 바꿔 날아가는 뼈다귀를 향해 뛰었다. 그 뒤를 바짝 쫓던 남자들은 급히 방향을 바꾸다 서로 엉켜 넘어졌다. 그사이 뼈다귀는 정확하게 리프트 안에 떨어지며 둔탁한 소리를 냈다. 그와 거의 동시에 개가 리프트 안으로 몸을 날렸다. 다급하게 뒤쫓던 남자들이 리프트에 도달하기 전에 리프트의 문이 닫혔다. 여자는 자기도 모르게 주저앉고 말았다.

안도와 함께 잊고 있던 고통이 다시 여자의 온몸을 엄습했다. 여자는 고통을 참아내며 더듬거리는 손으로 몸 상태를 파악하기 위해 애썼다. 그러다 문득, 주저앉아 있던 목발이 다리를 끌며 뒤로 물러나고 있다는 사실을 깨달았다. 여자는 목발의 텅 빈 시선을 따라 리프트 쪽으로 고개를 돌렸다. 그리고 눈앞에 벌어진 광경을 보고 몸을 떨었다.

남자들은 서로를 죽이고 있었다. 그들은 누군가 먼저 개를 차지할까 봐 두려움과 분노에 몸부림치고 있었다. 피가 땀과 뒤섞이고, 근육들은 경련을 일으켰다. 문이 닫힌 리프트는 움직이지 않았다. 그저 묵묵히 그들을 바라보고 있는 것 같았다. 여자는 그들이, 남자라는 하나의 성性이 멸종될 것을 예감했다. 여자는 생각했다.

개는 저들과 살 수 없다.

그때 그녀는 피 흘리며 죽어가던 누군가가 품속에서 뭔가를 꺼내는 것을 보았다. 그것이 오랜 시간 그 남자가 간직해온 포탄이라는 건 그녀도 알지 못했다. 죽어가던 남자는 마지막 힘을 다해 땅바닥에 포탄의 신관을 내리쳤다. 엄청난 굉음과 함께 뜨거운 압력이 여자와 목발을 밀쳐냈고, 리프트 앞에 있던 남자들은 수천 개의 작은 조각으로 찢겨졌다.

나가떨어진 여자가 정신을 차리며 가장 먼저 떠올린 것은 개의 생사 여부였다. 여자는 황급히 자리에서 일어났지만 리프트로 다가갈 용기를 내지는 못했다. 그저 얼어붙은 듯 서서 자욱한 연기가 가라앉기를 기다렸다. 곧 희뿌연 연기 사이로 검게 그을린 리프트 문이 보였다. 하지만 그을음뿐, 리프트는 멀쩡하게 서 있었다. 여자는 자기 눈앞에 서 있는 것이 방주라는 사실을 새삼 실감했다. 리프트 주변에는 형체를 파악할 수 없는 살 조각들이 흩뿌려져 있었다. 다 끝났다는 걸 알았지만 여자는 숨이 막혀서 한동안 손가락 하나 움직일 수 없었다. 군락지 전체에 침묵이 내려앉았다. 여자와 마찬가지로 저만치 나가떨어진 목발의 울음소리만이 조용히 울려 퍼지고 있었다. 목발은 충격 탓인지 불편한 다리의 무릎을 움켜쥐고 있었다.

추격에 참가하지 못한 소수의 약자들은 군락지 안에서 숨죽인 채 상황을 살폈다. 추격전과 살육전, 거기에 폭발까지. 그들은 군락지 밖으로 나올 엄두조차 내지 못했다. 그들 사이에 하비에르가 있었다. 신나게 여자를 쫓던 그는 혼란을 틈탄 경쟁자의 기습을 받고 쓰러져 있었다. 그의 옆구리에 그 자신의 큰 칼이 와서 박힌 것이다. 그것이 2인자의 짓인지, 아니면 다른 누군가의 짓인지는 알 수 없었다. 정신을 차린 그는 옆구리에 박힌 칼을 뽑아냈다. 칼이 빠져나간 구멍에서 피가 쏟아져 나왔다. 그는 고개를 들어 멍한 눈으로 군락지 너머 리프트를 보았다. 얼굴이 창백했다.

여자는 리프트 앞으로 다가갔다. 그 앞에 서서 머뭇거리고 있는데 갑자기 리프트 문이 열렸다. 개는 반갑게 꼬리를 흔들며 여자 앞에 뼈다귀를 내려놓았다. 여자는 리프트에 올라 개를 안아 올렸다. 개는 연신 여자의 코를 핥아댔다. 그녀는 그것이 예전처럼 싫지는 않았다.

하비에르가 그들을 향해 소리 없이 일직선으로 달려오고 있었다. 옆구리에서 빼낸 칼을 고쳐 쥔 채였다. 하비에르는 먼저 눈앞에 나타난 목발의 머리를 향해 칼을 휘둘렀다. 목발의 울음소리가 두 조각으로 갈라지는가 싶더니 더 이상 들리지 않았다. 목발을 지나친 남자는 리프트와의 거리를 빠르게 좁혀 왔다. 여자는 목발의 울음소리가 멈춘 것도 알아채지 못했다. 알아챘더라도 도망갈 체력은 남아 있지 않았다.

마침내 리프트 앞에 도달한 하비에르가 괴성을 지르며 칼을 높이 쳐들었다. 여자는 놀란 와중에도 개를 감싸 안으며 고개를 돌렸다. 그 영원과도 같은 순간, 그녀는 언제부터 이 개를 키우게 된 건지 생각했다. 아마도 처음으로 먹을 걸 던져주던 그때였겠지. 빌어먹을. 여자가 개와 함께 두 조각나기 직전, 리프트의 문이 닫혔다. 하비에르의 칼날이 유리문에 부딪혔고, 쾅 소리와 함께 그 육중한 칼날이 유리 대신 부서졌다. 문이 닫힘과 동시에 리프트 안에서 붉은 빛이 쏟아져 나오며 스캔이 시작됐다. 하비에르는 계속해서 유리문에 몸을 던졌지만 꿈쩍도 하지 않았다. 그가 힘을 쏠

때마다 옆구리에서 피가 울컥울컥 쏟아져 나왔다.

밖에서는 여자의 모습이 제대로 보이지 않았다. 보이는 거라고는 분주히 아래위로 오가는 붉은 불빛뿐이었다. 불빛이 멈췄을 때 하비에르는 리프트 앞에 무릎을 꿇고 앉아 있었다. 그는 희미해져 가는 의식을 붙들기 위해 노력했다. 곧 리프트가 위로 움직이기 시작했고, 하비에르는 자신이 환각을 보고 있다고 여겼다. 방주가 선택한 게 저들이라니. 여자와 개. 믿을 수가 없었다.

당황하기는 여자도 마찬가지였다. 그을음 틈새로 하비에르의 망연자실한 표정이 아래로 멀어져갔다. 시야가 넓어지며 흩뿌려진 남자들의 살점들과 폭발의 흔적이 눈에 들어왔다. 저 멀리 머리가 두 조각이 난 시체도 보였다. 군락지에서 몸이 성치 못한 남자들이 하나둘 모습을 드러내고 있었다. 리프트를 바라보는 그들의 눈빛은 마치 승천하는 천사라도 보는 것 같았다.

개와 함께 그 모든 것을 바라보던 여자는 어렴풋이 깨달았다. 방주가 요구하는 우월한 유전자가 무엇인지를. 그것은 온순함이라는 이름의 유전자였다. 위험을 무릅쓰고 몽실이를 지켰던 덩치는 그 유전자를 가지고 있었다. 그것은 일종의 힘이었다. 이빨을 드러내지 않고 서로 친구가 될 길을 모색하는 힘. 그 힘은 생김새가 다른 생명체끼리 공존하게 만들었고, 차마 혼자만 먹지 못하고 먹이를 나누게 했다. 그 힘은 근육의 크기로는 도무지 도달할 수 없는, 인간이 짐승들과 다르게 문명을 이뤄낼 수 있었던 진정한 우월함이었다.

군락의 남자들은 그 우월함을 포기했다. 그들은 인간이 스스로 길들여진 짐승이라는 사실을 잊고, 길들여지지 않은 짐승이 되려고 노력한 셈이다. 방주는 내내 기다려왔다. 붉은 불빛은 개와 인간 사이에 흐르는 호르몬을 탐지했다. 옥시토신 수치를 중심으로 호르몬의 복합적 반응은 인공지능에게 속일 수 없는 증거를 제시했다. 멸망 직후만 해도 방주에 들어가는 사람들은 꽤 있었지만 갈수록 그 숫자는 줄어들었다. 그것은 인간의 숫자가 줄어드는 것보다 더 절망적이었다. 누구도 함께 리프트에 오르려고 하지 않는 지금, 더 이상 방주에 들어갈 수 있는 사람은 없을 것 같았다.

단순히 성별의 짝을 맞춰야 했던 첫 번째 방주의 법칙은 의미를 잃었다. 두 번째 방주는 그 생물학적 요건을 뛰어넘는 특질을 요구했다. 그것만으로 멸망한 문명을 다시 일으키기에 충분한 조건이 되었기 때문이다. 생각이 거기에 이르자 여자는 지난 멸망의 이유를 선명하게 이해했다. 언제나 이유는 중요했다. 그녀는 심지어 방금 그 멸망의 모습을 목격한 것 같은 착각이 들었다.

개는 눈을 들어 여자를 보았다. 여자는 몸을 부르르 떨며 개를 더 꼭 안았다. 여자의 전율이 개에게 그대로 전해졌다. 하지만 개에게는 인류의 생존이니 문명의 재건이니 하는 일들은 중요하지 않았다. 개는 고개를 뻗어 여자의 얼굴을 몇 번 핥았다. 개는 그저 자신이 핥는 것을 여자가 허락했다는 사실이 중요했다. 개의 유전자는 여자를 처음 봤을 때부터 그녀의 온순함을 알아챘다. 개는 의식하지 못했지만 그의 유전자는 계속해서 여자를 찾아왔다. 여자의 유전자가 개를 찾아왔듯이 말이다. 개와 인간은 한번도 서로를 잊은 적이 없었다. 여자의 얼굴을 핥은 개는 몇 번 입맛을 다시더니 찢어져라 하품을 했다. 순간 리프트가 방주 안으로 들어섰다.

시작은 한 선배가 들려준 이야기였습니다. 기르던 개들에게 '몽실이'라는 똑같은 이름을 지어주는 남자에 대한 이야기였어요. 별로 특별할 것도 없었던 그 이야기는 점점 저를 사로잡았고, 이후로 그 이야기는 도시 괴담에 가까운 공포소설이 되었습니다. 그리고 미흡하고 아쉬운 부분을 보완하며 SF가 되었고요. 그 종착지가 한국과학문학상이 될 줄은 알지 못했습니다. 사실 제가 SF소설로 데뷔하게 될 줄도 생각하지 못했습니다. 앞으로 또 어디로 나아가게 될지는 하나님만이 아시겠지요.

이야기를 만들고 다듬는 과정에서는 제 의도가 정확히 표현되었는지, 빠르고 재미있게 읽히는지, 하는 완성도에 관한 부분만을 신경썼었습니다. 그런데 상을 받고 보니 이 작품과 작가로서의 제 위치가 걱정되더군요. 모든 게 상을 받을 줄 몰랐기에 뒤늦게 드는 생각이겠지요.

이야기 속 '목발'이라는 캐릭터에 제 자아가 많이 투영된 것은 분명합니다. 남성 사회의 변두리에서조차 제대로 머물지 못하는 면이 특히 그렇고, 남성 페미니스트로서 갖는 한계가 명확한 것도 그렇습니다. 아무리 공부를 많이 해도 남성은 여성들의 고통과 울분을 '자기 일처럼' 알 수는 없습니다. 그래서 어찌 보면 여성들에게 가장 치명적인 타격을 줄 수도 있는 위치에 있는 것 같습니다. 같은 쪽에 서 있는 가장 위험한 적인 셈이죠. 그야말로 이야기 속 목발처럼 말입니다. 여성 페미니스트들은 남성들을 믿기 힘든 것처럼 남성 페미니스트도 믿기 힘들 겁니다.

거기다 상까지 받고 나니 겁이 덜컥 나더군요. '여자'를 이용해 방주에 들어가려던 목발은 실패했지만, 저는 페미니즘을 이용해 '등단'이라는 방주에 들어가는 데 성공한 것이 아닌가 싶어서요. 괜히 여성 작가들의 자리 하나를 빼앗은 것은 아닌가 싶기도 했고요. 그래서 페미니즘 작품임을 자처해도 될지 조심스러운 것이 사실입니다. 하지만 이야기를 멈출 수는 없다고 생각했습니다. 이야기를 멈추는 순간 저는 반대편에 서 있는 적이 될 테니까요. 남성 페미니스트로서 할 수 있는 이야기가 분명히 있을 거라고 믿고 써나가는 수밖에 없을 것 같습니다.

한국과학문학상을 통해 SF를 쓸 수 있는 어떤 자격을 얻은 것 같아서 기쁩니다. 이 자격을 얻은 후에 어떤 이야기를 만들 수 있을지, 혹은 만들어야 할지 고민도 되고 흥분도 되네요. 어떤 경로를 그리게 될 지는 역시 그분만이 아실 겁니다. 무엇보다도 오랜 시간 아무도 인정해주지 않던 제 이야기에서 처음으로 좋은 점을 발견해주시고, 칭찬해주시고, 기회를 주신 분들께 감사의 말씀을 전합니다.

소년 시절

길상효

연세대학교에서 세라믹공학을 전공하고 동국대학교에서 영화과 석사과정을 수료했다. 오래전 SBS 극본 공모에 당선되었고, 청소년 드라마 극본을 집필했다. 소년한국 우수어린이도서 문학 부문 대상을 수상한 「골목이 데려다줄 거예요」를 비롯한 여러 그림책을 썼으며 아동, 청소년 소설도 번역한다. 즐겨 읽는 논픽션, 특히 동식물, 진화, 뇌 과학에서 발견한 크고 작은 경이로운 순간을 SF에 담을 생각이다. 물론 그림책 작업도 계속하며.

띠링.

퇴근 전까지 각자 맡은 응모작 중 두 편씩을 뽑아 본선 심사 대상 명단에 올리라는 과학 부장의 최후통첩이었다. 더 이상 미뤘다가는 사람 피 말리는 부장 특유의 갈굼을 못 면하겠다 싶어 클라우드에 접속하고 내게 할당된 파일들을 내려받았다. 제출 마감이 사흘 전이었고 시상은 학사 일정상 2주도 더 남았지만 부장은 이번 주 내로 본심을 마치고 수상자 명단을 낼 거라고 했다. 뭐든 늦는 것보다야 서두르는 게 좋지만 일정 따위 개나 줘버리라는 부장의 조급증은 한 번씩 사람을 돌게 했다. 이번처럼 중간고사 출제에 집중해야 할 시기를 잘도 골라서.

문제를 입력하고 있던 창을 내리고 폴더를 클릭하자 방금 내려받은 파일들이 오름차순으로 정렬돼 있었다. 머리는 얼른 맨 처음 파일부터 열라고 명령하고 있었지만 손이 선뜻 말을 듣지 않았다. 아닌가. 마음이 말을 안 듣는 건가. 모르겠다. 아무튼 계획에 없던 일에 집중을 전환하는 일은 매번 어려웠다. 싫은 사람과 엮인 일이라면 더더욱.

5교시 예비종이 울렸다. 새로 뭔가를 시작하기는 애매했다. 5교시를 마친 뒤 6, 7교시에 연달아 있는 공강에 몰아서 읽기로 하고 폴더를 닫았다. 중간고사 파일을 내 클라우드에 업로드한 뒤 계정 비번을 바꾸고 바뀐 비번을 비번 관리 앱에 연동했다. 건너뛸까 하던 시선 패턴도 새로 입력했다. 총 1분도 걸리지 않았지만 거칠 때마다 짜증나는 과정이기는 했다. 얼마 전 이웃 학교에서 일어난 초유의 해킹 사건 이후로 학교 차원에서도 보안을 바짝 강조하고 있었지만 이런 이중, 삼중 작업이 과연 두 배, 세 배의 보안 강도를 뜻하기나 하는지 모르겠다. 뚫릴 구멍 역시 두셋으로 늘어나는 기분이었다.

끝으로 웹 브라우저 창을 하나씩 닫던 중 기사 제목에 실린 이름에 눈길이 멎었다.

인류의 기억을 연결하는 초기억 프로젝트, 한국 뇌 과학자 이혜리가 이끈다

이혜리. 동명이인도 얼마든지 많을 이름이었지만 과학영재고를 수석으로 조기 졸업하고 존스홉킨스 의대에 갔다고 들은 게 마지막인 그 동창생일 거란 생각이 들었다. 뇌 과학자라.

그나저나 인류의 기억을 연결한단 소리는 금시초문이었지만 새로 개봉하는 SF 영화의 내용인 양 별 감흥이 느껴지지 않았다. 언제부터인가 여기와 뚝 떨어진 다른 세상이 존재하는 듯했다. 이보다 더한 얘기가 나와도 놀랍지 않을 것 같았다. 예컨대 눈으로 찍은 사진을 비롯한 각종 파일을 뇌에 바로 저장하는 시대가 온다든가. 그러면 뇌도 해킹을 당하겠구나, 참 볼만하겠다 하며 비관부터 하는 습관도 언제 생긴 건지 모르겠다. 기사를 클릭할까 말까 망설이는 나 자신을 향해 묘한 기분을 느끼던 찰나, 5교시 시작종이 울렸다.

교실 창밖에서 벚나무들이 한창 꽃망울을 터뜨리고 있었다. 20년 전처럼. 그 시간의 거리를 가늠하게 하는 것이라고는 좀 더 쾌적해진 교실, 쑥 줄어든 학생 수, 전자 교과서 따위, 그리고 태양계 단원에서 더 이상 볼 수 없게 된 명왕성 정도였다. 여전히 절반 이상의 아이들이 엎드려 잠을 청하는 교실에서 '생명체가 사는 유일한 행성 지구'라는 소단원으로 수업을 시작했다.

교무실로 돌아오자마자 다용도실에서 진하게 내려 들고 온 커피를 후후 불어가며 빠르게 삼켰다. 6교시 시작과 함께 휑해진 교무실에서 '과학글쓰기대회' 폴더를 열어 맨 처음 파일부터 읽기 시작했다. 도중에 커피를 한 잔 더 내려 마시며 최대한 집중력을 발휘해봤지만 8편을 읽는 동안 딱히 본선에 낼 만한 글은 찾지 못했다. 매년 고만고만한 글 중에서 '과학과 인문학을 아우르는 융합형 인재 발굴'이라는 거창한 취지에 걸맞은 당선작을 가려내기란 쉬운 일이 아니었다. 한두 문단만 읽어도 전체 내용이 추측되는 글들을 읽고 있자니 배운 적도 없는 속독 능력이 자연스레 발휘됐다. 하지만 그러잖아도 부족한 잠을 더 줄여가며 이걸 써냈을 아이들을 생각하면 짠하기 이를 데 없었다.

내 신세도 짠했다. 하루만 일찍 시작할걸. 아내가 중요한 모임이 있으니 꼭 일찍 귀가해 아이들을 맡아달라고 신신당부한 터라 퇴근을 늦출 수도 없었다. 양쪽 눈에 인공 눈물을 크게 한 방울씩 짜 넣고 아홉 번째 파일을 열었다.

「평평한 지구에서 살아남기」

뭐지. 지구 평면설인가.

30602 김강우

3학년이다. 이름도 낯설고.

과목별 경시대회를 제외한 이런 과학의 달 행사 같은 데에 3학년이 참가하는 일은 드물었다. 수시 전형에 쓸 비교과 스펙 하나가 절실한 아이인 모양이었다. 오래전부터 축소하네 마네 하며 말도 많고 탈도 많던 학생부종합전형은 명칭만 바뀌었을 뿐 여전히 학업만으로도 벅찬 학생들에게 여타의 역량을 과도하게 요구하고 있었다. 그 평가를 맡은 일선 교사들을 갈아 넣으면서.

"인공지능 한다고 대학 갔던 그 똘똘한 놈들은 대체 어디서 뭘 하고 있누. 정년 전에 이런 일은 인공지능한테 넘겨줄 줄 알았더니만."

내 옆에서 침침한 눈을 비비며 영어연설대회 원고를 첨삭하던 문 선생님이었다. 내 정년까지도 그럴 일은 없을 거다. 그게 가능할 때쯤이면 우리 같은 교사도 남아 있지 않을 거고. 인간의 기억을 연결한다는 곳은 어디 지구 밖 딴 세상인지. 학교라는 곳은 환경만 조금 바뀌었을 뿐 내가 다닐 때와 크게 다르지 않았다. 관료적이고 비효율적인 조직과 업무도. 나 또한 기초 과학이라는 이름의 암기 과목을 20년 전 배운 그대로 가르치고 있지만 아마 20년 뒤에도 학교는 크게 달라지지 않을 것이다.

치파는 꿈에 그리던 지구에 도착했다.

인공 눈물의 위력이 이 정도였던가. 전에 없이 또렷해진 시야로 첫 문장이 날아들었다. 외계 생명체가 다른 삶을 찾아 지구인의 모습으로 환생한다는 설정이었는데, 그 표현이 퍽 소박했다. 자전하는 행성에서 멀미가 심해진 나머지 평평한 지구를 찾았다는 것. 자전하지 않는 지구에서는 해와 달과 별이 스스로 뜨고 졌고, 주인공은 평생 앓던 멀미로부터 말끔히 벗어났다. 하지만 그 행복도 잠깐, 또 다른 두통이 시작된다. 정작 지구인들은 신념을 지닌 소수를 제외하고는 자신들의 땅이 다른 행성들처럼 둥글며 자전한다고 믿는 것이었다. 게다가 지구를 더 빨리 자전시켜 시간을 앞당기는 데 혈안이 돼 있었다. 자신의 행성에서 오래 지켜봐온 평평한 지구를 아무리 설명해도 지구인들이 믿지 않자, 그들 사이에서 지독한 외로움을 느끼던 주인공은 결국 고향으로 돌아가기로 한다. 하지만 방법이 없다. 행성에서 자신을 데리러 오지 않는 한.

전개가 서툴고 서술자의 시점마저 오락가락하는 글이었다. 맞춤법 오류와 비문은 말할 것도 없고. 그럼에도 단숨에 읽혔다. 지구를 빠져나가지 못한 주인공이 정말로 여기 어디에서 서성이는 건 아닐까 싶게 여운이 남았다.

다시 시계를 흘깃거리며 나머지를 꾸역꾸역 읽는 동안 다행히도 본선에 올릴 만한 한 편을 건졌다. 「인공지능의 몰락, 그 후」. 학생 이름을 다시 확인하니 역시 뭘 해도 잘하는 2학년 녀석이었다. 인문학적 깊이나 문장력은 아쉬웠지만 인간성 상실을 향해 경종을 울린 점이 돋보였다. 들여쓰기와 문단 나누기까지도 깔끔한 전형적인 모범생의 글쓰기였다. 문제는 「평평한 지구」였다. 본선에 올릴 것인가, 말 것인가.

「30년 뒤의 나에게 쓰는 편지」를 두고 잠깐 고민했지만 시계를 확인하는 순간 더는 미룰 수 없었다. 때맞춰 7교시를 마치는 종마저 울렸다. 가장 가까운 교실에서 수업 중인 부장이 제일 먼저 교무실에 들어설 것이다. 본선 진출작 명단을 올리고 서둘러 8교시 방과 후 수업 교재를 챙겨 교무실을 나섰다.

목성의 중력이 잡아당기기라도 하듯 내 힘으로는 도저히 들어 올릴 수 없는 눈꺼풀을 집어 올리며 깔깔거리던 두 딸은 아내가 돌아오자 스프링처럼 내게서 튕겨 나갔다. 그래도 좋으니 여기서 더 자라지 않았으면.

아이들에게서 놓여나는 동시에 심한 피로가 몰려오면서 중간고사 출제를 재개하려던 마음이 싹 사라졌다. 모처럼 일찍 침대에 파고들어 세 모녀가 거실에서 키득거리는 소리를 배경 삼아 단잠에 빠져들 때였다. 난데없이 이혜리란 이름이 떠올랐다. 사실은 난데없지도 않았다. 무슨 뉴스를 들어도 놀랍지 않을 것 같다는 생각과 달리 그 이름만큼은 내 뇌를 자극하기에 충분했던 모양이다. 기사는 출근해서 읽어봐야겠다고 생각하며 눈을 감고 잠을 청했지만 허사였다. 오늘 하루 중 그 어느 때보다 정신이 명료했다. 천장에 화면을 띄우고 음성 명령을 내렸다.

"뇌 과학자 이혜리 검색."

주르르 불려 온 목록 중 낮의 그 기사가 맨 위에 올라와 있었다.

인류의 기억을 연결하는 초기억 프로젝트, 한국 뇌 과학자 이혜리가 이끈다

기사를 열고 사진부터 확인했다. 그 이혜리다. 안경은 쓰지 않았지만 동글동글한 얼굴과 단발은 여전했다. 살짝 웃는 듯한 입

매와 달리 찔러도 피 한 방울 나올 것 같지 않던 그 느낌도 그대로
였고.

유럽 연합이 12억 유로를 투자하고 전 세계 연구소와 학술 기
관이 참여해 인간 대뇌 전체를 모방한 컴퓨터 모형의 작동에 성공
함으로써 얼마 전 대단원의 막을 내린 휴먼 브레인 프로젝트의 수
석 연구원 중 하나가 혜리였다는 것, 그리고 그 축배를 아직 다 들
기도 전에 굴지의 한국 기업이 후원할 새 프로젝트의 총사령관이
되어 스위스에서 귀국했다는 게 기사 전반부의 요지였다. 후반부
는 정작 초기억 프로젝트에 대한 정보보다도 기업의 투자 액수며
그것이 가져올 여러 효과에 대해 더 많은 지면을 할애하고 있었
다. 사진 속 혜리 옆에서 세상을 다 가진 듯 파안대소하고 있는 기
업 총수처럼.

한 번인가 혜리와 같은 반이기는 했지만 대화 한 번 나눈 적도
없고 딱히 뭘 좋아하고 관심이 있는지도 몰랐다. 다 잘했으니까.
전교 1등으로 입학해 신입생 대표로 선서를 한 이래로 단 한 번도
전교 1등을 놓치지 않고 졸업한 아이였다. 그런 혜리를 두고 염려
를 가장한 악담을 흘리는 아이들도 있었다. 중학교에서 날고뛰어
봤자 영재고에 모여든 전국구 넘사벽들과의 진검승부에서 난생처
음 받은 등수로 자살하는 아이도 있다는 둥.

휴먼 브레인 프로젝트인가의 성공은 얼마 전 한번 듣기는 했었
다. 고작 1킬로그램 남짓한 뇌에서 일어나는 전기신호 활동의 구
명 따위로 고귀한 인간 정신의 본질을 밝힐 수 없다던 철학계의

거센 반박도 기억난다. 어쨌거나 인간 게놈 지도가 완성됐다던 때처럼 한동안 떠들썩하던 세간과 언론도 잦아드는 중이었다. 왓슨과 크릭을 안주 삼던 때처럼 동창 모임에서도 뉴런과 시냅스와 프로이트까지 소환하는가 싶더니 이내 탈모와 발기 부전과 여자 이야기로 돌아와 있었고. 폭주하는 전방과 달리 후방의 삶은 느리고 지리멸렬했다. 그래서 안전한지도 모르지만.

다음 날 아침, 다용도실에서 커피를 내리는데 마침 3학년 6반 담임인 홍 선생이 들어서기에 슬쩍 물었다.

"선생님 반 김강우란 애, 어떤 애예요?"

"어머, 왜요? 수업시간에 무슨 일 있었어요? 아, 근데 우리 애들이 이 선생님 수업 들을 일이 없는데."

문제아인 걸까.

"과학글쓰기대회에 글을 써서 냈길래요. 1학년 때 지구과학을 저한테 들었는지 아닌지 모르겠는데, 이름이 낯설기도 하고."

"걔가 글을 써서 냈어요? 흠… 희한하네?"

새 학년이 시작된 지 2개월째. 나 역시 학급 아이들을 속속들이 파악한 건 아니지만 입시반 담임인 홍 선생에게는 관심 밖의 학생인 듯싶었다. 톤을 높인 과장된 말투가 오히려 무관심을 반증했다.

"성적도 그렇고, 애가 학습 장애라던데. 1년 꿇고 온 게 그거 때문이라고…."

홍 선생이 커피를 들고 나가며 혼잣말인 듯 던져준 유일한 정보였다.

지구의 말이 너무 어렵고 배워도 끝이 없었다. 무슨 말을 해도 지구인들은 비웃었다. 나는 바보 같고 외로웠다.

본심은 과학과 교사들이 예심한 16편을 과학과 교사 4명, 국어과 교사 2명으로 이루어진 6명의 심사위원이 돌려 읽고 점수를 매긴 뒤 총점으로 줄 세우기를 하는 과정이었다. 그 순서대로 대상 1명, 금상 2명, 은상 3명, 동상 4명, 장려상 6명이 선정될 것이었다. 아니나 다를까.「평평한 지구」가 꼴찌였다. 그것도 15등과는 엄청난 점수 차로.

"평평한 지구 이거 올리신 분 누구신가?"

뻔히 알면서도 묻는다. 과연 부장다웠다.

"지구는 평평해, 외계인이 환생해, 아주 총체적 난국이네? 사이언톨로지도 아니고, 과학을 하랬더니 어디서 사이비 종교를 들고 나오고 말이야."

유사 과학에도 히스테릭해지는 부장이었다. 그래도 공식적인 자리에서 반말은 좀 하지 말자고, 인간아.

"하, 여기서 또 얘기해야 되나? 이 대회의 취지가 뭐라고요?"

2절이 시작될 모양이었다. 과학적인 부분은 차치하고라도 글쓰기의 기초가 부족하다는 국어과 최 선생의 차분하고 조심스러운 심사평이 간신히 부장의 완창을 막아냈다. 그리고 임 선생의 한마디가 쐐기를 박았다.

"대학 갈 아이도 아닌데, 상 하나 날리지 말죠."

예년에도 본심 결과에 이의 제기는 종종 있었고 갑론을박 뒤
순위가 바뀌기도 했다. 나 역시 이번 대상 후보작에 이의를 제기
하고 싶은 부분이 있었지만 얼토당토않은 나의 예심을 바로잡으
라는 유무언의 압박에서 벗어나는 게 먼저였다. 평평한 지구에 고
립된 우주 난민의 외로움을 알아봐주는 심사위원은 아무도 없었
다. 「평평한 지구」 대신 새로 올린 「30년 뒤의 나에게 보내는 편
지」가 그대로 장려상을 물려받았다. 제대로라면 그걸 넣고 본심을
다시 해야 했지만 심사위원 누구도 그 조항을 입 밖에 내지 않았
다. 모두가 지쳐 있었다.

치파는 밤하늘의 별을 하나하나 가르키며 그 별이 태어나고
자란 이야기를 들려주었다. 하지만 지구인들은 안 들렸다. 그 별
들을 얼마나 빨리 도는지만 알고 싶었다.

단 한 번 읽었을 뿐인 「평평한 지구」의 문장들이 문득문득 떠
올랐다. 일부러 외우기라도 한 듯 정확한 문장들인 게 놀라웠다.

차에 올라 출발을 지켜본 뒤 온열 안대를 착용하고 시트를 눕
혔다. 자율주행 첫날부터 운전을 내려놓고 부족한 잠이나 밀린 통
화를 해결하며 그야말로 본전을 뽑던 아내와 달리 목적지에 도착
할 때까지 차량 안팎으로 번갈아 시선을 옮기며 예민해하던 나도
이번만큼은 모래를 쏟아 넣은 것처럼 뻑뻑한 두 눈을 참기 힘들었
다. 교통 체증이 심한 시간대이기도 했다. 모든 차가 거의 붙다시

피 아슬아슬한 간격을 유지하며 거북이걸음을 했다. 도로 시스템이 차량의 흐름을 아무리 효율적으로 조절한다 해도 특정 시간대에 차를 가지고 쏟아져 나오는 운전자, 아니 차주의 숫자까지 통제할 수는 없는 노릇이었다.

어느 정도 피로가 풀린 것 같아 시트를 세우고 창밖을 내다봤다. 희부연 밤하늘을 야간 택배 드론들이 굳이 요란하게 불을 밝히며 날아다니고 있었다. 도시의 야경을 장식한다는 취지로 몇몇 택배사가 실시하는 일종의 서비스이자 홍보 수단이었다. 난분분한 불빛들 사이를 요리조리 피하며 줄지어 날아가는 행렬도 있었다. 목적지가 같아서가 아니라 광고용 퍼포먼스라는 걸 알고는 적잖이 실망도 했지만 눈길을 빼앗기는 건 어쩔 수 없었다. 옥천 허브의 장관에는 비할 바가 아니라고들 하지만 말이다. 한번 들어간 택배 물품이 도무지 빠져나올 줄 모른다고 해서 버뮤다 지대란 오명을 쓴 것도 옛말. 옥천을 비롯한 주요 허브는 대량 수송용 드론들이 일제히 떠오르는 장관을 자랑하는 관광 명소로 탈바꿈한 지 오래였다. 꼭 한번 가자고 조르는 아이들에게 그러마고 약속한 지도 오래였고.

체증이 서서히 풀리기 시작했다. 차량 모니터에 떠 있는 지도를 옆으로 밀고, 아주 끊기도 뭣해 가뭄에 콩 나듯 접속하는 페이스북 메신저를 띄웠다. 낯익은 몇몇 친구들의 메시지 사이에 brain_girl이란 낯선 이름으로 며칠 전에 보낸 짧은 메시지가 섞여 있었다.

-혹시 윤성중학교 졸업한 이희준?

브레인걸이라. 설마 이혜리? 그 애가 나를 찾을 리가 없는데. 하지만 초면에 말끝을 자른 걸 보면 나라고 확신한 것 같았다.

-맞습니다만 누구신지요?

짧은 답변을 보내놓고 브레인걸의 프로필과 담벼락을 빠르게 훑었다. 이혜리다. 며칠 전의 기사를 비롯한 뇌 과학 관련 칼럼과 실험, 책 소개가 주를 이뤘고 영문 링크도 제법 많았다. 며칠 새 이 뜻밖의 동창 이름을 두 번이나 마주치다니.

-나 기억해? 2학년 때 같은 반 이혜리.

접속 중이었는지 바로 답이 왔다.

-혜리구나. 유학 갔다고 들었는데.

-한국 들어왔는데 만날 수 있을까?

나를?

-아직도 외국에서 지내나 보네.

-일 때문에 스위스에 오래 있었어. 이번에도 일 때문에 들어왔고. 좀 오래 있을 거 같아.

이유가 궁금하기도 했고, 안 만나겠다고 하기도 뭣했다

-그래, 한번 보자.

으레 그렇듯 전화번호를 주고받는 걸로 약속이란 건 잠정적으로 유예되는 법이었지만 혜리는 가능한 날짜와 시간을 알려주면 자기가 맞추겠다고 했다. 같은 반이었다는 것만 빼면 접점이라고는 단 하나도 없던 여자 동창이, 아니 세상을 떠들썩하게 했다는

뇌 과학자가 나를 만나겠단다. 페이스북에 전체 공개로 해둔 몇
몇 게시물만으로도 내가 고등학교에서 지구과학을 가르치는 선생
이라는 건 쉽게 알았을 거다. 아니라고 말하고 싶지만 솔직히 쪽
팔렸다. 인간의 기억도 연결한다는 사람이 나를 만날 이유가 뭐가
있을까.

"쟤가 김강우예요."

며칠 뒤, 급식실에서 뒤따라 나오던 홍 선생이 벤치에 혼자 앉
아 왁자한 운동장을 바라보고 있는 아이를 가리키며 말했다. 어째
선지 내 시선이 이미 그 아이를 향한 다음이었다. 발길도 곧 그 아
이를 향했다.

"강우 맞지? 글 써낸 거 잘 봤다."

앉은 모습으로도 꽤 커 보였는데 일어서니 정말 껑충하게 큰
아이였다. 마르고 키 큰 아이들 특유의 구부정한 자세에서 이상하
게 외로움이 느껴졌다.

"아, 읽으셨어요…?"

살짝 어색한 발성이나 표정과 달리 눈빛만큼은 우물처럼 깊었
다. 조금 당혹스럽기도 했다.

"나는 참 좋았는데, 아깝게 수상권엔 못 들었네. 너무 속상해하
진 말고."

"괜찮아요. 상 받으려고 쓴 거는 아니라서…."

조금 경계가 풀렸는지 어색한 표정이 걷히면서 또래다운 얼굴

이 드러났다. 생물학적으로는 한창 풋풋한, 하지만 대한민국 고딩 특유의 고단한 얼굴. 제때 졸업했다면 여기가 아닌 다른 곳에서 스무 살을 시작했을 아이였다. 교복을 입고 학교라는 울타리 안에 아직 남아 있어야 하는 스무 살의 강우가 치파와 겹쳐 보였다.

강우가 생각한 평평한 지구는 글을 처음 읽는 순간 내가 직감한 것과 크게 다르지 않았다. 이치에는 맞지 않지만 어린 마음속에 그린 순진한 세계 같은 것이었다.

나 역시 눈에 보이는 평평한 지구가 둥글다고 믿게 되기까지 몸부림치던 어린 시절이 있었다. 의심이 들 때마다 동네 어귀의 둥근 언덕길을 떠올리며 나 자신을 이해시켰고, 그런 곡선들을 어디에선가 더 찾아낼 때마다 안도하곤 했다. 문제는 지구가 돈다는 것이었다. 눈을 감아도 눈을 떠도 도무지 회전을 느낄 수가 없었다. 그러던 어느 날 창밖으로 흘러가는 구름을 보고 무릎을 쳤다. 정말로 지구는 돌고 있었다. 하지만 다음 날은 구름이 반대 방향으로 흘렀다. 구름이 꼼짝 않는 날마저 있었다. 울고 싶었다. 그러면서도 의심과 혼란은 어린 나의 가슴을 두근거리게 했다. 모반을 꿈꾸듯 밤하늘을 올려다보며 나만의 우주를 그렸다. 물론 그곳엔 친구들도 살았다.

온전히 믿을 수 없기에 의심했고, 의심했기에 몰래 두근거리던 기억들이 어제 일처럼 떠올랐다. 이제야 전개도 시점도 뒤죽박죽인 강우의 글에 왜 그토록 빨려들었던 건지가 설명됐다. 기시감마저 느끼며 문장 하나하나가 또렷이 떠오르던 이유도. 치파의 이야기는 내 이야기이기도 했던 것이다.

치파처럼 나 역시 학교라는 공간에 눌러앉은 지 오래였다. 더이상 의심하지 않고 꿈꾸지 않아서라는 그럴듯한 말로 포장하고 싶지는 않았다. 못나서였다. 우주에 가닿기를 누구보다 간절히 소망했지만 내 손에는 그 열쇠가 쥐여 있지 않았다. 우주의 언어라는 수학과 물리의 철벽을 통과하는 열쇠가. 그런 건 이혜리 같은 아이의 차지였다.

혜리를 만나기로 한 날이 하루 앞으로 다가와 있었다.

"이거 봐봐."

아내가 침실 불을 끄고 벽면에 화면을 띄우며 말했다. 한눈에 봐도 큰애가 그런 게 틀림없는 그림이었다.

"이걸로 과학상상화대회 은상 받았대. 대박이지."

초등학교에서도 과학의 달 행사가 한창일 터였다. 활짝 웃는 얼굴로 하나씩 엇갈려 손을 잡은 지구인과 외계인들이 지구를 동그랗게 둘러싼 그림이었다.

"우리 딸답지? 다른 애들 그림은 거의가 우주 전쟁 아니면 다른 행성 가서 땅 파고 집 짓는 거더래."

난민인권센터에서 일하는 아내다웠다. 상 때문이 아니라 이렇게 모나지 않게 자라주는 아이들이 새삼 고마웠다.

"근데 어쩌 외계인 생긴 건 우리 때나 똑같냐."

오징어, 꼴뚜기 모습을 하고 인간들 사이에 선 크고 작은 외계인들은 내 초등학교 시절의 포스터에서와 다를 것 없이 초록색이기까지 했다. 내 말에 고개를 갸웃하며 그림을 바라보던 아내가 팔꿈치로 내 옆구리를 쿡 찌르며 말했다.

"과학 선생 맞아?"

"왜."

"지구를 찾아왔다는 거 자체가 우리보다 고등하다는 증거잖아? 그러니까 멀쩡한 쟤들이 외계인이고 쟤들이 지구인이지, 저 오징어들!"

갑자기 오징어 타령이었다. 그나마 지구가 나 같은 오징어 천지가 되지 않는 건 장동건, 원빈, 박보검 같은 우수한 외계인 덕이라는 아내였다. 그런 아내가 요즘은 그 전설의 계보를 잇는다는 신인 아이돌 누군가에게 푹 빠져 있었다. 나도 가만있지는 않았다.

"봐. 각 행성에서 타고 온 우주선이 다 똑같잖아. 유나가 그린 건 지구 기술로 외계인 친구들을 초청한 상황일걸?"

그러자 아내가 제대로 나를 흘기며 말했다.

"이과 망해라."

연애 시절, 지구는 별이 아니라고 했다가 얼마나 갈굼을 당했는지 모른다.

약속 장소에 혜리가 먼저 나와 있었다. 머쓱한 인사와 악수가 짧게 오갔다.

"그대로네."

자리에 앉으며 어색함을 무마하겠답시고 꺼낸 말이 하필 그랬다. 칭찬도 욕도 아니라는 그 말.

"칭찬일까, 욕일까?"

그러면서 다행히도 혜리가 살짝 웃어 보였다.

이젠 웃기도 하는구나. 늘 책에 머리를 박은 채, 잡담 같은 건 도무지 하지 않는 아이였다. 아이들이 주고받는 시시한 농담은 물론이고 당시 가장 핫한 유행어나 소위 빵 터지는 개그에도 웃을 줄 몰랐다. 이따금 아이들을 물끄러미 보기는 했다. 때로는 갸웃거리면서. 그 시선을 재수 없어하던 아이들도 적지 않았다. 20여 년 만에 불쑥 나를 보자고 한 것도 어쩌면 이상한 일이 아니었다. 누구와도 가깝지 않았기에 누구에게라도 만나자고 할 수 있었던 게 아닐까.

"피 한 방울 안 나오게 생긴 것도 그대로란 거지?"

뇌 과학자는 사람 속까지 꿰뚫어 보는 건가. 진땀이 났다.

"아니, 무슨⋯. 그런 뜻으로 한 말 아닌데."

"그럼 미안."

"미안할 것까진 아니고⋯."

처음 만난 사람과의 대화보다도 이상한 시작이었다. 괜히 나왔다는 생각이 든 건 물론이고. 화제라도 돌려야 했다.

"오면서 기사 읽었어."

실은 며칠 전의 일이지만.

"아, 그랬구나. 그럼 내 설명이 좀 단축되겠다."

하지만 음료를 가지고 오느라 잠깐 중단됐을 때를 빼고 대화는, 아니 혜리의 거의 일방적인 설명은 꽤나 길게 이어졌다. 간간이 추임새 같은 내 질문도 섞였지만 그 긴 이야기를 다 들어야만 만나자고 한 이유도 듣게 될 것이었다.

인간 대뇌의 뉴런들을 CPU 하나하나에 대응시키고 뉴런들이 이루는 시냅스를 CPU끼리의 연결로 재현함으로써 인간 대뇌의 활동 지도를 완성한 휴먼 브레인 프로젝트의 성공은 쾌거라고 알려진 것과 달리 도중에 심각한 고비를 겪었다고 했다. 계속되는 고성능 컴퓨터 개발에 따른 정보처리 속도의 경신을 예측하고 기한을 정한 프로젝트였지만 그 예측이 빗나간 것. 프로젝트의 지연은 막대한 추가 비용의 발생뿐 아니라 같은 시기에 미국이 경쟁적으로 진행하고 있던 유사한 연구 때문에라도 막아야 할 일이었다. 이때 손 내민 것이 다름 아닌 한국의 모 기업이었고, 기업은 비밀리에 개발한 초고속 CPU를 휴먼 브레인 프로젝트에 제공한 대가로 중국과 함께 준비 중이던 새 프로젝트의 총사령관으로 혜리를 스카우트할 수 있었다. 대뇌 지도를 바탕으로 개개인의 기억을 하나로 합성하는 초유의 기술 개발이 이곳 대한민국에서 내 눈앞의 이혜리의 지휘로 이루어진다는 것이었다.

이 어마어마한 이야기를 듣고 있기에는 너무도 아무렇지 않은 날이었다. 유리창으로 들어오는 봄 햇살, 테이블 하나씩을 차지한 노트북족들, 연인들, 교복 입은 아이들. 어제와 다를 것 없는 오늘.

"아무튼 귀국한 사연은 그렇고, 내가 보자고 한 건."

다 식은 커피를 한 모금 마시고 헤리가 계속했다.

"하, 지금부터가 진짠데. 근데 진짜 어렵다. 어떻게 시작하지?"

여기서 무슨 이야기가 더 나오려는 걸까.

"나 많이 이상한 애였지? 다들 그렇게 본 거 알아. 아, 지금도 그렇겠지만."

나를 대표로 세워놓고 묵은 감정이라도 털어놓으려는 건가. 다시 불편해지기 시작했다.

"돌려서 못 말하겠다. 내가 비유 같은 것도 잘 못 해. 바로 말할게. 내가 공감 능력이 좀 많이 떨어져. 그거 알았니?"

공감 능력이라. 새삼스러울 것도 없었다. 기사를 접한 날 이후로 간간이 떠오르던 기억 속의 헤리는 과연 그랬다. 누군가와 같이 웃거나 떠드는 일 없이 오로지 공부만 하던 아이였으니까.

"내가 그거 때문에 병원도 많이 다니고 그랬어."

잔을 향하던 내 손이 멈칫했다. 병원에 다닐 정도였다니. 그렇다면 얘기가 달라진다.

조금 의외이긴 했지만 공격성을 띠었다는 어린 시절을 들으면서는 그럴 수도 있겠다 싶었다. 적잖은 유아들이 그렇고 내 동생도 그랬으니까. 동생에게 물어뜯기거나 할퀸 게 한두 번이 아니었다. 그런데 헤리의 부모는 그걸 단순한 공격성으로 보지 않았다고 한다. 첫 육아였음에도, 나아질 거라는 주변의 위로에도 심상치 않음을 느끼고 일찍 병원을 찾았다. 그리고 감당하기 어려운 진단을 받았다. 아이가 타인에게 공감할 수 없도록 태어났으며 평생

126

개선될 수 없다고.

그때부터 부모의 눈물겨운 육아, 아니 훈육이 시작됐다. 부모는 아이의 모든 행동에 철저히 도덕의 잣대로만 응수하면서 상벌로 혜리를 길들였다. 의사가 유일하게 제시한 방법이었고 그것만이 아이의 태도를 바로잡는 길이었다. 물론 타고나지 않은 공감 능력이 그로 인해 싹트는 일은 없었고 앞으로도 없을 거라고 했다. 지쳐 포기하고 싸우고 울기도 많이 했다는 부모의 이야기를 혜리는 담담히 전했다. 혜리가 영원히 공감하지 못할 그 부모의 심정이 느껴져서 가슴이 저릿했다. 말로 다 할 수 없는 인고의 시간이었을 것이다.

다행히 혜리는 초등학교에 입학하면서부터 공격성이 눈에 띄게 줄었는데, 시선과 흥미를 끄는 다른 것들 때문이었다. 주로 학업이었다. 알고 싶고 잘하고 싶은 게 많아지면서 남이 먼저 공격하지 않는 한 그야말로 이유 없이 남을 공격할 이유가 없어졌다고 했다. 부모가 긴장의 끈을 놓을 때마다 한 번씩 나타나던 가벼운 증상마저도 중학교에 입학하면서 완전히 억제되었다. 모두가 불가능할 거라고 한 일이었다.

이때부터 혜리는 사람들의 관계에도 눈을 돌리기 시작했다. 거기에 편입되지 않는 데서 오는 소외감은 전혀 없었지만 알고 싶었다고 했다. 이 말에 왜 저 말로 답하는지, 왜 웃는지, 왜 우는지, 왜 화내는지를.

그래서 혜리가 그토록 우리를 물끄러미 쳐다보곤 했던 것이다.

때로는 갸웃거리면서. 귀를 닫은 채 책에 머리를 박고 있던 게 아니라 손으로는 문제를 풀면서 귀로는 우리의 대화를 듣고 있었다. 하나도 놓치지 않고. 이 아이는 그러니까… 정말로 애쓰고 있었던 거다. 그 모든 경우의 수를 익히느라. 이렇게까지 대화가 가능해지도록 얼마나 많이 노력한 걸까. 그 많은 학업을 소화하면서.

"딥러닝을 한 거네."

"일종의."

"애썼다."

"나 말고 내 머릿속 해마가. 남들한텐 쉽고 자연스러운 무의식을 나는 해마를 거쳐서 서술 기억으로 만들고 체계화해서 저장한 거니까. 지금도 그러고 있고."

무슨 뜻인지 알 것 같았다. 아까의 다소 어색한 대화도 이해가 됐다. 혜리가 의대에 가고 뇌 과학을 하기까지 자기 자신이 큰 동기가 된 건 아닐까도 싶었다. 하지만 왜 내게 이런 이야기까지 털어놓는지는 여전히 의문이었다.

"우리 2학년 2학기 10월에 과학관 견학 간 거 기억나?"

혜리가 물었다.

"간 거 같긴 한데, 그게 2학년 때였나?"

역시 혜리의 기억력은 비상했다. 2학년 2학기 10월이라니.

"거기서 돔 스크린으로 우주 영상 봤잖아."

어렴풋이 기억나기 시작했다. 봄부터 겨울까지의 계절별 별자리가 눈부시게 펼쳐졌고, 지구에서 출발한 일인칭 시점이 태양 가까이 다가갔다가 다시 명왕성을 향해 거침없이 날아갔던 것 같다. 토성 고리의 암석들을 요리조리 피하고, 목성의 대적반에 뛰어들 었다 솟아오르며.

"나 뭐 하나 물어봐도 돼? 너 그때, 왜 울었어?"

내가⋯ 울었다고?

"영상 끝나고 불 들어올 때 봤어. 너 곧바로 폰 줍는 척하면서 허리 숙일 때."

20여 년 만의 등장부터 심상치 않던 혜리는 그 누구와도 같지 않은 완전히 다른 방식으로 내 앞에 과거를 가져다 놓았다. 그리 고 놀라운 부탁을 건넸다.

땅이 아닌 하늘을, 하늘의 별을 보는 사람과 평생을 함께하고 싶다며 천문학도인 내게 먼저 프러포즈했던 아내가 세월을 건너 뛴 지친 얼굴로 내 옆에 잠들어 있었다. 그러면서도 아이처럼 이 불을 걷어차는 버릇은 여전했다. 이불을 끌어올려 덮어주자 아내 는 옆으로 돌아누워 낮게 코를 골기 시작했다.

두 아이의 엄마로, 과외 강사로, NGO 활동가로 사는 것만으 로도 아내의 작은 우주는 팽창하다가 터져버릴 것 같았다. 아내는 그깟 지적 호기심을 채우려고 천문학 따위에 천문학적인 금액을 쏟아부어야겠느냐며 한 번씩 핏대를 세우곤 했다. 굶주리는 지구 인은 외면하면서 꼭 외계 생명체를 찾아야겠느냐고, 지구를 이렇 게 망가뜨려놓고 또 어딜 파헤치러 가느냐면서. '인류의 꿈에 한 발짝 더' 같은 표현을 볼 때마다 그 인류에서 자기는 좀 빼달라면서.

그런 아내 때문은 아니었지만 나에게도 우주는 더 이상 동경의 대상이 아니었다. 먹고사니즘과 토 나오게 빡센 교사 업무는 내게 딱 교과서만큼의 우주만 허락했다. 외계 전파를 탐지하는 세티앳 홈 프로젝트에 참여하고, 카메라와 망원렌즈를 들고 중미산, 가지산, 안반데기로 쏘다니고, 쉽고 재미있는 과학을 전하겠다는 포부와 함께 부임 첫해에 블로그를 개설해 열정적으로 포스팅하던 일들이 전생처럼 생경했다.

"너 그때, 왜 울었어?"

혜리의 질문은 충분히 조심스러웠다. 그 역시 학습에 의한 태도라고 스스로 밝히지 않았다면 그 애가 정말 많이 달라진 걸로 착각할 만큼.

나는 왜 울었을까.

10여 년 만의 귀국 직후 서슴없이 나를 불러낼 만큼 혜리가 알고 싶어 했던 그 눈물의 의미를 나도 잘 모르겠다. 나조차 우주가 너무 멀고도 아름다워서, 그때의 내가 한창 감수성이 예민해서였다고밖에 회상할 수 없는 건 너무도 오랜 일이어서, 다시 말해 기억이 흐려져서만은 아니었다. 그때로 돌아간다 해도 나는 혜리의 질문에 답할 수 없었을 거다. 언어로는 온전히 변환될 수 없는 감정의 덩어리를 어떻게 해서든 학습하고 싶은 혜리를 조금은 이해할 수 있을 것도 같았다.

"주인공도 스토리도 없는 영상인데 왜 눈물이 날까, 정말 이해가 안 됐어. 그 뒤로도 비슷한 케이스를 못 봤고. 그래서 나한테는 미스터리고 숙제 같았나 봐."

나를 탐구 대상으로 여기는 공붓벌레의 욕심이라는 생각은 들지 않았다. 혜리는 자기를 도와줄 수 있겠느냐고 했다. 한 가지 확실한 것은 혜리는 돌려 말하지 않는다는 것이었다. 말한 그대로 받아들이면 됐다. 천천히 답해도 된다고 한 만큼 천천히 답할 수밖에 없을 것 같았다. 근래 받아본 부탁 중 가장 당황스러운 부탁이었기에. 뜬금없이 나타나 생각지도 못한 비밀을 털어놓은 것으로도 모자라 20여 년 전의 기억을 자기 뇌로 전송해줄 수 있겠느냐는 사람 앞에서 누군들 소스라치지 않을 수 있을까. 다시 생각해도 온몸에 소름이 돋았다. 혜리 때문은 아니었다. 어찌 보면 오랜 오해를 풀게 된 그 자리가 고맙기까지 했다. 다만 그 놀라운 기술을 인류가 아닌 나, 이희준에게 적용한다는 것이 어쩐지 불길하게 느껴져서였다.

추출한 내 기억을 내가 먼저 확인한 뒤 자기 뇌에 전송하면 된다고 했다. 공개하고 싶지 않은 부분은 얼마든지 삭제하고서. 꺼려지거나 걱정된다면 그 과정을 내가 먼저 체험할 수도 있다고 했다. 자기의 기억 일부를 내게 전송해줄 수 있다고. 이 대목에 이르자 정신을 섞는 일이 몸을 섞는 일처럼 느껴져 나도 모르게 얼굴이 화끈거렸다.

불면의 밤이 여러 이유로 나를 찾아왔다.

며칠째 지끈거리던 머리가 그날로 더 이상 버티기를 그만둔 것 같았다. 간밤과 새벽에 몇 알씩이나 삼킨 진통제도 듣지 않고 도저히 출근할 수 없는 지경에 이르고서야 학교에 지각을 통보하고 병원을 찾았다. 문진과 몇 가지 검사 뒤 전정성 두통이 의심된다는 진단과 함께 약을 처방받아 출근했다.

회의실에서 교사와 학부모 몇몇이 나오고 있었다. 면면을 보니 학교폭력대책자치위원회 위원들이었다. 또 주먹질이 오간 모양이었다. 아나나 다를까, 뒤이어 나오는 건 2학년 최대훈과 그 엄마였다. 십중팔구 가해자였을 아들 일로, 설사 그렇지 않더라도 불미스러운 일로 학교에 불려 오고서도 무슨 친목회라도 마치고 다음을 약속하는 것처럼 그 애 엄마는 끈끈한 표정으로 위원들에게 인사를 건네고 있었다. 정말로 매번 다음을 기약했던 것처럼, 저 아이가 학폭위에 소환된 게 내가 보고 들은 것만 해도 몇 번인지 모른다.

교무실 문을 열다가 다시 시선을 던지는 순간 마지막으로 걸어 나오는 강우를 보고 말았다. 눈두덩이 퍼렜다. 강우에게서 시선을 거두지 못한 채 손잡이를 붙들고 서 있었다. 최 선생이 강우의 팔뚝을 툭툭 두드리며 무엇인가 조곤조곤 이야기했고, 몇 번 고개를 끄덕이던 강우가 최 선생에게 꾸벅 인사를 하고 계단을 향해 걷기 시작했다. 그리고 우연이었는지, 나를 돌아봤다.

"무슨 일이에요?"

잠시 후 교무실에 들어선 최 선생에게 물었다.

"만날 똑같죠, 뭐. 최대훈이 그 자식, 저는 아니라고 하는데 어제 뭔 일로 담임한테 된통 깨지고는 하굣길에 3학년짜리 붙잡고 분풀이한 거더라고요. 아우, 제발 전학을 가든가 조기 졸업을 하든가."

"강우, 많이 맞았어요?"

"어, 강우 아세요? 키만 컸지, 저항 한 번 못 하고 고스란히 맞았더라고요. 으이구, 파리 한 마리 못 죽일 녀석."

두 살이나 어린 놈에게 일방적으로 맞고 있었을 강우를 생각하니 가슴이 뻐근했다.

"근데 강우 부모님은 안 오신 거 같던데…."

"아휴, 그 얘기 하자면 짠합니다, 짠해요."

최 선생은 슬쩍 주위를 살피는 것 같더니 목소리를 낮추고 계속했다.

"열 살 땐가, 일가족이 크게 교통사고를 당했는데…."

잠시 말을 잇지 못하던 최 선생이 내게 바짝 다가서서 귀엣말을 했다.

"부모는 그 자리에서 즉사하고 애는 간신히 목숨은 건졌대요. 근데 그게 또 기가 막힌 게, 식물인간이 돼가지고 몇 달씩이나 자리보전을 했네? 혈육이라고 고몬가 이몬가 하나 있는데 기다리는 것도 하루 이틀이지, 안 그래요? 근데 어느 날 갑자기 뇌사가 와가지고 고몬가가 서류에 사인하고 인공호흡기 뗀다 어쩐다 하는데 아, 글쎄 애가 눈을 번쩍 떴답니다. 그러니 이게 신문에 날 일이지, 신문에."

안쓰러울 만큼 모자라 보이던 강우의 모습이 설명되는 순간이었다. 특유의 어색한 발성을 비롯한 학습 장애로 보일 법한 증상들, 구부정한 자세와 언뜻언뜻 불안해 보이는 시선….

치파가 감당하기엔 너무나 버거운 지구의 중력.

"아, 혹시… 강우가 작년에 휴학한 것도 폭력 사건이랑 관련 있습니까?"

아직은 춥던 지난해 3월 초, 아이들과 축구를 하다가 정강이뼈가 부러져 통깁스를 하는 바람에 1년 휴직계를 냈는데, 그러고 얼마 지나지 않아 교내에서 큰 사건이 있었다고 들었다. 그때의 가해자가 최대훈이었다는 건 올해 초 복직 준비 중에 들었고. 나를 비롯한 2학년 담임 내정자 중 누가 그 폭탄을 떠안게 될까가 초유의 관심사였다.

"아뇨. 그때 피해자는 딴 애였고, 강우가 휴학계 낸 건 아마 그 전이었을걸요? 거의 신학기 시작하자마자? 왜, 그때 이 선생이 철심 박고 입원해 있는 동안 사모님이 휴직계 내러 오신 날 있잖아. 온라인으로도 되는데 굳이 참. 아무튼 이 선생 근황도 여쭙고 뭐 전할 것도 있었는데, 하필 강우 고모가도 그날 휴학계 내러 오는 바람에 사모님을 못 뵀네. 제가 강우 담임이었거든요. 몸이 안 좋다고 진단서도 첨부했는데 사실 별 내용은 없더라고. 애를 봐도 딱히 중병 같지 않고. 근데 고모 말로는 그 물러 터진 강우가 막무가내였다니 뭐. 암튼 평소에 제가 걔 딱한 사정도 워낙 잘 알았겠다, 뭔 말 못할 사정이 있나 보다 해서 결재 올린 거거든요, 그게."

언제부터 듣고 있었던 건지, 과학 부장이 우리 곁을 슥 지나가며 한마디했다.

"어떤 앤지 다 들었지요? 그런 애를 상을 줘봤어 봐요. 학교가 뭐가 되나."

앞을 다퉈 하교하는 아이들의 거대한 물결 뒤로 듬성듬성한 무리가 따르고 있었다. 차에 올라 그 뒤를 천천히 따르며 교문을 향할 때였다. 저만치 은행나무 뒤에 몸을 숨기듯 기댄 채 발끝으로 흙을 꾹꾹 찍어 누르고 있는 강우를 발견했다. 아이들이 다 나가기를 기다렸다가 떠나려는 모양이었다. 바보 같기는. 무리에 섞여 있어야 그나마 안전한 줄도 모르고. 차를 한쪽에 세우고 강우에게 다가갔다.

"누구 기다리니?"

퍼렇던 멍이 눈 아래까지 검붉게 내려와 있었다. 그걸 의식했는지 강우가 슬며시 시선을 돌리며 대답했다.

"아뇨, 그냥…."

"지하철역까지 데려다줘?"

"괜찮아요."

"바쁘냐? 학원 가야 돼?"

"아뇨."

"그럼, 나 따라갈래?"

"어디… 가시는데요?"

뭐라고 해야 이 아이가 선뜻 따라나설까.

"구 여친 만나러."

강우가 벙찐 얼굴로 나를 바라보다가 슬며시 웃었다.

강우가 웃었다. 내가 웃게 했다.

"아, 이 친구가 그 애제자…?"

우리 둘을 반기던 혜리가 말끝을 흐리며 강우의 눈두덩에서부터 급히 시선을 거둬 내게 던졌다. 어떻게 대응하면 좋을지를 묻는 거였다. 입술을 꾹 다문 채 강우 모르게 미간을 찌푸리자 혜리가 알겠다는 시선을 보냈다.

혜리의 안내로 연구소 시설 몇 곳을 둘러봤다. 프로젝트를 앞두고 시스템을 점검하는 전문 직원과 곳곳을 지키는 경비 직원들 말고는 인적이 드물어 어쩐지 조금 으스스하기도 했다. 드디어 이번 프로젝트가 진행될 메인 연구실로 우리를 안내한 혜리는 벽면을 꽉 채운 거대한 컴퓨터를 보여주었다. 에니악을 연상시키는 하나의 덩어리 안에서 실은 어마어마한 수의 CPU가 연결되어 시냅스의 형태를 이루고 있는데, 스위스 연구소에서 마지막으로 사용한 것보다 5퍼센트 정도 빠른 정보처리 속도를 자랑한다고 했다. MRI 기계처럼 나란히 누워 있는 원통들은 뇌 스캐너였다. 혜리는 프로젝트에 앞서 휴식과 함께 시설과 장비 파악 및 개인적인 준비와 실험으로 시간을 보내고 있다고 했다.

"근데 박사님…, 뭐 하나 여쭤봐도 돼요…?"

혜리의 개인 연구실로 돌아오자마자 강우가 물었다. 저 얼굴을 해가지고 혼자 하교할 게 딱해서 데려온 아이가 초면에 불쑥 질문을 던질 만큼 이런 데에 관심이 있는 줄은 몰랐다.

"얼마든지. 뭐가 궁금한데?"

"저기… 선생님이랑… 왜 헤어지셨어요?"

혜리가 멀뚱멀뚱한 눈으로 나와 강우를 번갈아 봤다. 강우는 나와 혜리를 번갈아 보고. 사연을 설명하느라 진땀을 뺀 나와 달리 다 듣고 난 혜리는 아무렇지도 않게 어깨만 한 번 으쓱했다. 나와 눈이 마주치자 강우가 무표정한 얼굴로 어깨를 으쓱하며 혜리를 흉내 냈다. 이번엔 내가 웃었다.

"그건 아직 생각 중인 거지? 재촉하는 건 아니고."

강우와 내게 차를 건네며 혜리가 물었다.

"그래, 시간 좀 더 주라. 기억이란 게 온전한 내 소유물이라고 생각했는데, 기술로 그걸 끄집어낸다는 게 솔직히 거부감이 안 들지가 않네."

"충분히 이해해."

"근데 그거랑 별개로 더 자세히 듣고 싶긴 해. 나도 기억 못 하는 걸 어떻게 불러온다는 건지."

이 연구소에서 앞으로 진행될 프로젝트가 바로 지난번 혜리의 부탁과 같은 기억 전송을 기반으로 하는 기억 동기화라고 했다. 큐 사인과 유도질문을 통해 특정한 기억을 집중적으로 불러오는 최면 요법처럼, 동일한 경험을 한 누군가의 기억을 신호로 바꿔

타인의 뇌에 전달하면 그에 자극받은 뉴런들이 당시의 일을 적극적으로 재구성할 수 있다는 것이다. 최면 요법은 과학적으로 검증되지 않았을 뿐만 아니라 구술이라는 신빙성 떨어지는 수단에 의존하는 반면, 기억 동기화는 기계를 통한 수집과 전달을 거치기는 하지만 한쪽 뇌에 저장된 신호를 다른 뇌에서 재생한다는 점에서 뇌 과학의 정수를 보여준다고 했다.

"현재까지 일대일 실험은 100퍼센트 성공했어. 심지어 다른 언어를 쓰는 사람 사이에서도. 지각과 사고를 담당하는 인간 공통의 언어가 있잖아. 마더텅."

"모어?"

"응, 어쨌든 이 과정을 대규모로 확장하면 과거의 어떤 사건도 완벽히 객관적으로 재현할 수 있을 거야. 각자 가진 기억의 구멍을 서로가 채우게 되니까."

혜리는 시지각을 예로 들어 다시 한 번 쉽게 설명했다. 망막 중 시신경이 모여 뇌로 빠져나가는 지점인 맹점엔 상이 맺히지 않기에 우리 눈에 보이는 장면 어딘가에도 구멍이 있어야 하지만, 다행히도 두 눈의 지각 영역이 겹치지 않는 까닭에 서로의 맹점을 보완하고 그로써 우리는 구멍 없는 시야를 갖게 된다는 것이었다.

"아, 잠깐. 그 맹점 말인데, 한쪽 눈으로만 볼 때도 구멍은 없는 거 같은데?"

"예리하네. 그걸 바로 시지각 완성이라고 해. 실제론 맹점에 상이 안 맺히지만 대뇌가 알아서 거길 채우는 거야. 축적된 경험과 타당한 논리를 동원해서."

"흠, 그런 꼼수가⋯."

이처럼 기억 동기화도 다수의 기억을 중첩하는 과정에서 혹 발생할 수 있는 기억 맹점을 모든 인자를 동원해서 논리적으로 채운다는 점에서 기억 완성이라고도 부른다고 했다.

이 프로젝트가 성공하고 상용화된다면 모든 사건이 일말의 왜곡 없이 재구성되고 그래서 더 나은 세상이 이루어지는 걸까. 그래달라는 인류의 요청이 먼저 있었던가. 과학기술이 진보를 이룰 때마다 인류가 새로운 목표를 세우는 건 아니고?

"기억을 재구성한다는 게⋯ 기억을 눈으로 볼 수 있다는 거예요?"

우리 대화를 가만히 듣고 있던 강우가 혜리에게 물었다.

"기억이라는 게 다 같이 앉아서 리얼 타임으로 볼 수 있는 동영상 같은 건 아니야, 아직까지는. 물론 그걸 시청각 모델로 표준화하는 기술도 개발 중이긴 하지만."

"그 실험, 저도 해보면 안 돼요?"

그 말에 혜리가 나를 쳐다봤다. 이번엔 나도 그 어떤 신호조차 줄 수가 없었다. 당혹스러웠다.

"기억을 꺼내서 어디다 보낼 수 있다고 하셨잖아요. 저도 그거 하게 해주세요."

"갑자기 왜?"

"갑자기 아니에요. 제가⋯ 맞는지 확인하고 싶은 기억이 있어서 그래요."

그러면서 시선을 떨어뜨리긴 했지만 내가 아는 한 강우는 그 어느 때보다 강력한 의지를 표현하는 중이었다. 혜리가 나를 슬쩍 곁눈질하며 강우에게 말했다.

"그게 그렇게 쉽게 할 수 있는 게 아니야. 학생이면 일단 보호자 동의도 받아야 되고, 또…."

사고 이전의 기억을 되찾으려는 걸까? 부모님에 대한 기억을 송두리째 잃어서? 혜리가 강우의 사고에 대해 듣는다면 반응이 달라질지도 모른다. 머릿속이 복잡해 오는 가운데 어색한 침묵이 흘렀고, 그러던 중 혜리를 찾는 호출이 울렸다. 다음에 또 보자는 인사와 함께 강우를 데리고 연구소를 나섰다.

어색한 침묵은 차에 오른 뒤에도 계속됐다. 바람이나 쏘이려고 데려간 아이를 무모한 일에 뛰어들게 한 것 같아 마음이 무거웠다. 안 그래도 마음 둘 곳 없는 아이였다.

"나 잠깐 눈 붙일 거니까 차 잘 보고 있어야 된다?"

"네?"

"자식, 놀라기는. 운전하라는 거 아니고, 혹시나 응급 상황 오면 이거 누르라고. 아이고, 그럴 일 없을 거니까 쫄지 말고. 그리고 심심하면 이거."

그러면서 나는 모니터에 웹 브라우저를 띄워주고 눈을 감았다. 시간이 얼마나 흘렀을까. 시늉만 한다는 게 정말로 잠이 들었던 모양이다. 눈을 뜨니 어느새 강우가 사는 동네가 가까워지고 있었다.

"뭐 재밌는 거 있어?"

몸을 일으켜 세우며 흘끗 들여다본 모니터 안에서 유튜버가 방송을 진행하고 있었다. 볼륨을 높이고 잠깐 들어보니 외계로부터의 신호를 포착했다는 흰소리 같았다.

"우리 때보다 장비 많이 좋아졌네? 그래도 솔직히 저건 좀 아니지 않냐? 나사도 가만있는데 개인 장비로….".

그래도 죽은 사람의 혼을 제 몸에 불러온다거나 유체이탈을 생중계한다는 자극적인 인터넷 방송에 비하면 외계인과의 교신 시도는 차라리 건전했다.

"선생님도… 저런 거 하셨어요? 외계 신호 기다리고 그러는거."

"기다리는 거야 지금도 아니라곤 말 못 하지. 근데 나도 엔간히도 뻘짓 했네. 그게 벌써 몇 년 전인데, 그 후진 장비로 외계 신호 잡는다고 참. 허구한 날 밤새우다 엄마한테 등짝 맞고, 대학 가선 별 본다고 싸돌아다니다 여친한테 차이고."

"헐."

"지금도 그 장비들, 집 구석 어디 처박혀 있을 텐데. 아, 여름방학 때 나랑 별 보러 갈래? 우리 집 식구들이랑은 더 이상 별 볼 일이 없더라고. 드론 쇼 보러 가자고나 난리지."

"네….".

어쩐지 무심한 듯 답한 강우가 고개를 돌렸다. 그리고 내 아이들처럼 줄지어 날아가는 드론 행렬에 빠진 건지, 잃어버린 기억을 더듬는 건지, 창밖을 향한 시선을 좀처럼 거둘 줄 몰랐다.

강우가 확인하고 싶다는 기억은 뭘까. 코마에 이어 뇌사 판정까지 받았다면 이전 기억을 통째로 잃었을지도 모른다. 어쩌면 희미하게 남아 있는 기억이라도 끄집어내 전체를 되살리고 싶은 건 아닐까. 하지만 다 떠나서, 기술에 대한 두려움과 더불어 장기도 아닌 정신의 일부를 꺼낸다는 불쾌함 때문에 나조차 주저하는 일을 어린 강우가 하도록 내버려둬도 되는지가 가장 마음에 걸렸다. 그리고 혹 판도라의 상자라도 열릴지 모를 일이었다.

긴 목을 푹 꺾고 잠들어 있는 강우의 고개를 가만히 들어 올리고 시트를 젖혀주었다.

문제 출제에 좀처럼 집중할 수 없는 날들이었다. 편지로 치자면 영혼 없이 쓴 연애편지 같은 문제들을 더 이상 검토할 집중력도 남아 있지 않았다. 결재가 나든가 말든가, 일단은 문제 파일을 부장에게 전송했다. 그러자 긴장이 풀리며 끊은 지 오래인 담배 생각이 간절해졌다. 학생 시절엔 몰래 숨어 담배를 피우던 곳이었고, 교사가 된 뒤로는 담배 생각이 날 때 한 번씩 찾곤 하는 그 옛날 연못 터를 향할 때였다.

"새끼야, 어금니 꽉 물어."

최대훈의 목소리였다. 반사적으로 강우를 떠올리며 한달음에 모퉁이를 돌았다. 누가 봐도 1학년인 아이의 멱살을 쥔 대훈이 주

먹을 쳐드는 순간이었다. 이상한 안도감을 느끼며 버럭 소리를 질
렀다.

"뭐 하는 짓이야!"

그러자 대훈은 뒤도 돌아보지 않은 채 그 아이를 휙 떠밀듯 놓
았다.

"넌 교실로 가고."

사색이 된 아이를 보낸 뒤 대훈을 돌려세우고 물었다.

"며칠 됐다고 또 주먹질이야?"

"말을 안 듣잖아요, 말을."

"애들이 왜 네 말을 들어야 되는데. 강우 3학년인 건 아냐? 너
보다 두 살 많은 거 알아?"

"아, 시발. 나이가 무슨 상관이에요."

"왜 때렸어?"

"새끼가 존나 이상하잖아요! 생긴 것도, 하는 짓도!"

대훈이 발작이라도 하듯 목에 핏대를 세우며 악을 쓰고는 미동
도 않은 채 나를 노려보았다. 나조차 오금이 저리는 이 눈빛을 강
우는 감당하지 못했을 것이다. 열여덟 살 이 아이의 혐오와 분노는
어디에서 온 것일까. 이 아이 때문에라도 나는 계속 강우 곁을 맴
돌게 될 것 같았다.

개교기념일 오전, 강우와 함께 혜리의 연구소를 다시 찾았다.

"충분히 생각하고 결정한 거 맞아?"

이미 강우의 결심을 전했음에도 혜리는 강우에게 재차 확인하려 들었다.

"보호자 동의도 받았고?"

혜리의 물음에 강우가 나를 돌아봤다.

"이 자식 1년 꿇어서 이제 성인이야."

"오케이."

혜리는 더 이상 묻지 않았다. 태블릿에 동의서를 띄워 강우에게 꼼꼼히 읽히며 설명하는 혜리를 보면서 그 남다른 냉정함과 침착함 또한 오늘의 혜리를 있게 했다는 생각이 들었다.

지난번 연구소를 방문한 다음부터 강우는 전에 없이 단호한 태도를 보였다. 꼭 실험에 응하게 해달라는 것이었다. 내가 동의하지 않으면 혼자서라도 혜리를 찾아가겠다면서. 마지막으로 한 번만 더 생각해보라는 말에 강우는 내가 잊고 있던 사실을 일깨워주었다.

"저 미성년자 아니에요."

처음 알게 된 날 이후로 물가에 내놓은 아이처럼 늘 마음 쓰이던 강우가 그 한마디로 나를 완전히 제압했다. 강우의 휴학은 그야말로 신의 한 수였던 것이다. 법적 성인이라는 타이틀은 내게 모든 것을 강우에게 일임하게 했다. 그 애의 보호자를 자처해야 할 상황에서 벗어나는 홀가분함 때문은 아니었다. 법도 이제 그만 놓아주라는 아이를 내 욕심 때문에 품고 있을 수 없어서였다. 어떤 기대 때문이었는지, 늘 불안하고 그늘져 보이던 강우의 눈빛도 그때부터 하루가 다르게 단단해져 갔다.

　스캐너의 문이 닫히고 커다란 원통에서 위잉 소리가 들리기 시작하자 어쩐지 강우가 자기만의 세계에 들어가버렸다는 생각이 들었다. 내가 모르는 자신을 만나기 위해 내 손을 놓고 혼자서 뚜벅뚜벅.

　추출한 신호의 변환 작업을 마치는 대로 연락을 주겠다던 혜리에게서 다음 날 문자가 왔다.

　-지금 와줄 수 있어? 급해.

　가슴이 철렁했다. 강우에게, 아니 강우의 기억에 무슨 일이 생긴 걸까.

　"오류가 생겼나 해서 몇 번이나 확인했어."

　연구실로 들어서는 나에게 혜리가 뱉은 첫마디였다. 내가 다그쳐 물을 게 없었다. 어디서부터 뭘 물어야 할지도 모르겠고. 돌려 말하지 않을 혜리의 설명을 기다리는 수밖에 없었다.

　"사고를 감안하더라도 있을 수가 없는 일이야."

　심장이 터질 것 같았다. 역시 막아야 했던 거다.

　"사고 이전 기억을 읽을 수가 없어."

　읽을 수가 없어. 읽을 수가 없어. 읽을 수가 없어.

　뿌예진 머릿속에서 메아리가 울렸다.

　"기억이… 완전히 사라졌다는 뜻이야?"

　"아니, 그 반대."

　그 반대….

"사고 이전의 기억이 비정상적으로 많아. 다시 말해서 그걸 저장하고 있는 시냅스 숫자도, 거기 저장된 신호의 양도 엄청나단 뜻이야. 근데 그게 우리가 쓰는 신호 체계로 변환이 되질 않아. 패턴도 파악이 안 된다고."

"무슨 뜻인지 잘 모르겠어…."

"인간의 기억이 아니란 뜻. 물론 이 컴퓨터가 내린 결론이지만."

꿈을 꾸고 있는 걸까. 혜리가 그다음으로 내뱉은 말이 귀를 막고 듣는 것처럼 아득했다.

"지구 생명체의 뇌가 아니라고."

치파는 꿈에 그리던 지구에 도착했다.

무릎을 꺾으며 휘청이는 나를 혜리가 얼른 부축하며 말했다.

"보고할 데가 몇 있는데 그 전에 너한테도 알려야 할 거 같아서 불렀어."

"안 돼…."

나도 모르게 혜리의 어깨를 움켜쥐며 목이 메어 왔다.

"안 돼, 혜리야. 제발…."

지금껏 연구자로 살아오는 동안 혜리의 몸에 뱄을 매뉴얼을 생각하자 눈앞이 캄캄했다. 혜리가 취하려는 다음 행동을 대체 무슨 수로 막을 수 있을까. 지금 내 생각을, 내 마음을, 아니 내 뇌를 통째로 혜리에게 전송하면 막을 수 있을까. 그러면 혜리가 나를 이해할 수 있을까.

내 손에 두 어깨를 붙들린 채 혜리가 말했다.

"뭐가 됐든 연구라는 건 인류를 위한 거잖아. 뇌연구협회는 물론이고, 보고서 작성하는 대로 중국이랑 나사에도 보내야 돼. 내 분야는 아니지만, 인류가 이 일을 얼마나 오래 기다렸는지 알잖아."

인류, 인류, 그놈의 인류….

"혜리야."

눈물이 차오르면서 눈앞의 혜리가 일렁여 보였다.

"나도 기다렸어…."

그대로 주저앉아 무릎에 머리를 묻은 채 오래 흐느끼는 나를 혜리가 말없이 기다려주었다.

침묵을 깨고 먼저 입을 연 것은 혜리였다.

"돌려보내자."

의식도 무의식도 아닌 급류에 휘말려 허우적대던 나를 혜리가 단 한마디로 끄집어 올렸다. 정신이 번쩍 들었다. 남아 있던 몇 방울 눈물이 뚝 그치면서 갑자기 마음이 급해졌다. 혜리가 어떻게 마음을 고쳐먹게 됐는지 물을 겨를이 없었다. 서둘러야 한다는 생각뿐이었다. 혜리의 마음이 다시 돌아설지도 몰라서가 아니었다. 본능이었다. 그리고 그 일은 온전히 혜리에게 의지할 수밖에 없는 일이었다. 하지만 해본 적 없는 일이라는 혜리의 말에 낭패감이 밀려들었다.

"10년 전에 어떤 프로세스로 강우의 대뇌에 그 생명체의 자아가 옮겨졌는지만 알면, 그걸 반전하면 되는데…."

혜리는 '그 생명체'라는 명칭으로 우리가 돌려보내려는 대상을 직시하게 했다.

"뇌사 판정 당시에 머리에 전극 같은 게 연결돼 있었을 테니까, 그걸 통해서 들어온 거 아닐까?"

내 머리에서 나온 짧은 생각이었다.

"맞아, 그랬을 가능성이 제일 커. 근데 인간보다 고등한 생명체라면 비침습적인 방법으로도 가능했을 거야. 우리도 동물 실험에선 어느 정도 성공하고 있으니까."

기기와의 직접적인 연결 없이도 가능했을 거란 뜻 같았다.

"얘기 안 한 게 있는데, 어제 강우한테서 기억을 추출하는 동안 외계 생명체의 접근 신호를 잡았다는 보고가 있었어. 공식적인 건 아니지만."

강우가 차 안에서 보던 유튜브도 그랬다. 잊을 만하면 나돌던 예의 풍문과는 달랐던 것이다. 일개 개인으로서 어떻게 포착이 가능했을지를 묻자 혜리는 비행체의 접근이 아닌 뇌 신호의 접근을 기다렸기 때문일 거라고 답했다. 애초에 방향이 달랐기 때문이라고. 본인도 처음엔 반신반의했지만 10년 전과 같은 신호를 잡았다는 유튜버만큼은 신뢰할 수 있을 것 같다고 했다. 그 유튜버가 스위스에서의 프로젝트에 함께 투입되었다가 초반에 하차한 한국인 연구원이라는 대목에선 놀라지 않을 수 없었다.

"학계에서 외면당하는 사람이긴 해. 아무튼 그 유튜버가 분석한 내용으로 봐선 이 생명체가 이미 구조 요청을 하고 있었던 거 같아."

평평한 지구

그것도 신호였을까. 나를 제외한 심사위원 전원이 최하점을 준 글. 어쩌면 지구에서 나만 알아들은 그 신호를 그 아이의 행성에서 감지하고 온 걸까.

"아무튼 우리 힘으로 여기서 내보내는 건 어렵고, 접근 거리에 따라서 그 자아가 스스로 빠져나가거나 그쪽에서 회수할 수단을 갖고 있기를 바라는 수밖에 없겠어. 아니면, 나보다 이 분야를 잘 아는 쪽에 도움을 청하는 방법도 있…."

"안 돼."

"오케이. 그만큼 성공 가능성이 떨어질 수 있다는 건 알아두고."

그 냉정한 말투가 야속하지는 않았다. 서둘러야 할 일임에도 설명을 빠뜨리지 않는 모습이 영락없는 혜리였다. 혜리는 이 생명체의 동료나 자아 회수 수단이 지구에 근접했다는 가정하에, 그들이 포착할 수 있는 데이터, 즉 이 생명체의 행성에서의 기억 일부를 송출함으로써 그들로 하여금 최대한 빠르고 정확히 접근할 수 있도록 돕는 것이 자신이 할 수 있는 최선이라고 했다.

"근데, 손실 없는 회수가 가능해?"

기억 또는 자아라는 게 불완전하게 복원된다면 그 결과가 처참할지도 모른다는 생각에 더럭 겁이 났다.

"신경 가소성이란 게 있어. 손실된 부분을 새로운 시냅스가 채우는 거야. 우리 뇌도 그러니까."

다행이었다. 그러자 또 다른 걱정이 따라왔다. 여기서 내보내는 신호를 그 유튜버나 다른 곳에서 먼저 읽을 가능성은?

"물론 있지. 그래서 교란 신호를 같이 내보낼 거야."

정신없이 혜리의 설명을 다 들은 뒤 한숨을 돌리고서야 가장 중요한, 그리고 바보 같은 질문이 남았다는 걸 깨달았다.

"그게 성공하면 강우는…?"

차마 강우의 몸이라고 묻지 못했다. 혜리가 나를 물끄러미 보다가 답했다.

"원점으로 돌아가겠지, 10년 전 그때로."

흐드러진 벚꽃 사이로 꽃잎이 흩날리는 교정에서 3학년들의 졸업사진 촬영이 한창이었다. 왜 하필 중요한 3학년 1학기 중간고사를 앞두고 촬영이냐는 학부모들의 원성도 내가 다닐 때 그대로였다. 꿈쩍할 줄 모르는 학사 일정도.

기상천외한 복장과 소품을 갖춘 아이들이 오늘만 살기로 한 것처럼 촬영에 열을 올리고 있었다. 그리고 그 왁자지껄함에 섞이지 못하는 아이가 거기 있었다. 나는 한눈에 강우를 찾아냈다. 껑충한 키 때문이 아니라 오늘 같은 날 아무도 입지 않을 교복 차림이기 때문이었다. 그때였다. 교무실 창문을 올려다보는 강우와 눈이 마주쳤다. 나는, 저 아이를 보내지도 붙들지도 못할 것 같다.

촬영 당사자인 3학년은 물론이고 창문에 다닥다닥 붙어 그걸 지켜보는 1, 2학년마저도 제대로 수업할 수 없는 하루였다. 내게 는 긴장과 혼란으로 무엇 하나 손에 잡히지 않는 날이기도 했다. 부장에게 퇴짜 맞은 두 문제를 새로 출제해야 했지만 파일을 열어 놓고 1시간이 넘도록 단 한 글자도 입력하지 못한 채 앉아만 있었 다. 강우에게는 지난번 기억 추출에 오류가 있어 당장은 다음 작 업이 어렵겠다고 얼버무려놓은 상태였다. 남은 업무를 뒤로 미루 고 곧장 강우의 집을 향해 출발했다. 마침내 알아버린 너라는 아 이, 너의 기억, 그리고 네가 내릴 결정…. 어떻게 시작해야 할지 아 무런 대책도 없는 그 이야기를 더는 미루면 안 될 것 같았다.

주소를 찍고 찾아간 곳은 다 쓰러져가는 다세대 주택가였다. 지도 앱을 따라 좁은 골목을 걷다가 강우가 사는 동을 찾아 계단 을 오를 때였다. 지하에서 올라와 급히 입구를 빠져나가는 낯익은 뒷모습을 보고 말았다. 최대훈이었다. 저 아이가 여길 왜. 심장이 오그라들었다. 미친듯이 지하로 뛰어 내려갔다.

지하실 문간에 강우가 쓰러져 있었다. 만신창이가 된 강우를 부둥켜안으며 머릿속이 하얘졌다. 아주 긴 이야기를 들려주려고 왔는데. 어쩌면 아주 긴 이야기를 듣게 될지도 몰랐는데. 강우야,

눈 떠 봐. 정신 차려 봐.

부들부들 떨리는 손으로 119를 누르려는 순간이었다. 강우의
입에서 들릴 듯 말 듯 신음이 새어 나왔다.

"연…."

"강우야, 뭐라고?"

"연구…소… 가요…."

"안 돼, 이대로는."

"가야 돼요…."

내가 살려야 하는 강우가 어느 쪽인지를 묻는 잔인한 질문에
답해야 했다. 지체할 시간이 없었다.

터질 것 같은 심장을 누르며 혜리에게 전화를 걸어 상황을 전
했다. 얼마 지나지 않아 혜리를 실은 연구소 전용 드론이 혜리만
큼이나 단호하고 신속히 도착했다. 혜리는 강우를 싣자마자 산소
호흡기를 씌우고 바이털사인을 체크했다. 혜리의 지시에 따라 지
혈을 돕던 나는 누군지 알아보기 힘들 정도로 망가진 강우의 얼굴
을 내려다보기가 고통스러웠다. 지구에서의 삶이 이렇게까지 너
절하지 않았어도 나는 이 아이를 보내려고 했을까. 엉망진창인 머
릿속이 정리되기도 전에 드론이 연구소에 도착했다.

강우를 스캐너에 눕히자 혜리는 강우의 머리에 기억 추출용 전
극을 추가했다. 그리고 컴퓨터 앞으로 자리를 옮기며 짧게 내뱉
었다.

"바로 시작할 거야."

상상하고 싶지 않아서 한 번도 상상해본 적 없는 순간이 서둘러 와버렸다. 아무 말도 준비하지 못했다. 강우의 긴 손가락을 가만히 모아 쥐었다. 그러자 남은 모든 힘을 그러모으듯 강우의 손이 내 손을 천천히 감싸 쥐었다. 그리고 퉁퉁 부은 강우의 두 눈에서 눈물이 배어났다. 지구인의 몸을 빌려 전하는 마지막 인사였을까. 통역이 필요 없는, 존재가 존재에게 전하는 모어를 내 온몸이 듣고 있었다.

스캐너 안으로 침상이 미끄러져 들어가고 문이 닫혔다. 위잉하며 돌아가기 시작한 스캐너가 낮은 소음을 내뱉는 동안 수십 개의 모니터 안에서 알 수 없는 신호와 기호들이 복잡하게 흘렀다. 그걸 숨죽인 채 지켜보던 나는 알 수 없는 한기에 몸을 떨었다. 강우와 나와 혜리가 이 시간, 이 공간에 함께 있게 된 확률 때문인지도 몰랐다. 나의 휴직, 강우의 휴학, 혜리의 귀국, 평평한 지구, 오래전 과학관, 은행나무 뒤에서 서성이던 그날의 강우…. 곱할수록 그 결과를 0에 수렴시키는 하나하나의 확률. 그럼으로써 아이러니하게도 마치 예정돼 있던 것처럼 완벽한 이 순간.

교란 신호도 함께 내보낸다던 혜리의 손가락과 시선이 쉴 새 없이 움직였다. 할 수 있는 게 없던 나는 멀찍이 떨어져 태블릿의 볼륨을 죽이고 그 유튜버의 실시간 방송에 접속했다. 접근 거리가 급속도로 좁혀지고 있다는 내용 같았다. 지난번과는 비교할 수 없는 속도로 댓글이 붙고 있었다. 혜리의 판단이 틀리지 않았다는 것, 지금이야말로 다시 오지 않을 기회라는 것을 유일하게 뒷받침

하는 이 유튜버를 지푸라기라도 잡는 심정으로 의지했다. 다만 강우의 뇌를 읽지 않기만을 바라면서.

모니터 안에서 뒤엉키며 점멸하던 신호가 잦아들기 시작했고 이내 아무것도 남지 않았다. 모든 모니터가 송신을 시작하기 전과 같은 초기 화면으로 돌아갔다.

다 끝난 걸까. 무서울 만큼 적막한 이 순간이 강우의 끝이 아닌 시작이 되기를 이토록 간절히 바라게 될 줄은 몰랐다. 그리고 안도감을 느낄 새도 없이 두려움이 밀려왔다. 이제 곧 마주할 광경으로부터 도망치고 싶었다.

문이 열리고 침상이 미끄러져 나왔다. 헤벌어진 입으로 얕은 호흡을 하는 강우를 싣고서. 바이털을 다시 한 번 확인하고 강우의 두 동공까지 확인한 혜리가 말했다.

"코마야."

껑충해서 외로워 보이던 아이, 은행나무 뒤에서 서성이던 아이, 저항 한 번 못 하고 고스란히 주먹질당하던 아이, 그늘진 얼굴 위에 가끔씩 스치는 미소로 나를 안심시키던 아이, 지금 내 눈앞에서 스무 살의 몸으로 의식을 떠나보낸 채 누워 있는 아이.

나는 이 아이까지 지키지는 못하고 말았다. 치파로 10년을 더 살아준 강우의 손은 여전히 따뜻했고, 나는 그 손을 잡고 목 놓아 울었다.

*

더 늦기 전에 겨울 밤하늘을 찾길 잘했다는 생각이 들었다. 육안만으로도 오리온자리, 쌍둥이자리 등을 관측할 수 있는 좋은 날이었다. 체감온도를 이루 가늠할 수 없을 만큼 지독한 산속 추위만 빼면. 얇은 장갑에 의지해 장비를 조작하는 손끝이 얼어붙는 것 같았다. 오랜만의 조작이어서 더욱 더디기도 했다. 북극성 방향으로 카메라를 고정한 뒤 감도와 노출, 셔터 속도를 설정하고 자동 연속 촬영을 시작했다.

약속한 지난여름이었다면 백조자리, 전갈자리 따위를 같이 볼 수 있었을 거다. 이미 떠나려고 결심한 강우에게는 지킬 수 없는 약속이었겠지만.

코마를 확인한 혜리는 진단서와 함께 나와 강우를 미리 대기시켜둔 드론에 실어 응급실로 보냈다. 자신은 산적한 일과 함께 연구소에 남은 채로. 응급실 도착과 함께 의식 불명으로 판명된 강우는 불과 몇 시간 뒤 뇌사 판정을 받았다. 10년 전 그날처럼. 유일한 피붙이인 이모의 서명과 동시에 인공호흡기가 제거되자 강우에게 남아 있던 최소한의 생명 활동마저 완전히 멈췄다.

사인은 가격에 의한 장기 파열과 내출혈, 바닥과의 충돌에 의한 두개골 함몰과 대뇌 출혈로 밝혀졌으며, 강우의 집에 드나든 것을 목격한 몇 명의 증인과 나의 진술, 그리고 친구들과 나눈 SNS 대화가 증거로 채택됨에 따라 최대훈이 가해자로 지목되었다. 내

앞에서도 끝까지 부인하던 최대훈은 강우의 몸에서 발견된 다수의 방어흔과 손톱 밑에서 발견된 살점의 DNA, 그리고 그에 일치하는 자신의 목덜미와 손등에 난 상처 앞에서 결국 자백했다.

방어흔. 저항 한 번 하지 못했다던 말보다 더 가슴 아팠다. 그렇게 강우는 자기를 지키려고 했다. 돌아가기 위해.

집에 돌아와 3시간 넘게 찍은 300여 장의 사진을 하나로 합성했다. 완성된 한 장의 사진 안에서 북극성을 중심으로 일주하는 별들의 동심원을 유성 하나가 손톱자국처럼 가로지르고 있었다. 언제 찍힌 걸까. 매일을 일주하듯 살던 내게 유성처럼 잠시 다녀간 아이. 손톱자국처럼 기억될 아이.

그 아이를 돌려보내자고 먼저 말해준 혜리에게 빚진 마음은 어느새 궁금증으로 바뀌어 있었다. 왜였을까. 혜리를 이해해보고 싶었다. 혜리가 프로젝트에 본격적으로 뛰어들면서 내 쪽에서 먼저 연락이 뜸해진 뒤로 몇 달 만이었다. 문자 메시지를 보내자 오래지 않아 답이 왔다.

-한국 겨울 진짜 춥네. 스위스는 댈 것도 아니야. 어떻게 지내? 괜찮아?

-괜찮아. 잘 지내.

-다행.

-뜬금없지만 나도 너한테 궁금한 게 있어서. 그때 어떻게 마음 바꿔서 강우를 돌려보내자고 한 건지.

야간 업무 중이었는지, 그때 일을 떠올리는 중이었는지, 다음

대답까지는 시간이 조금 더 걸렸다.

　-아, 그거? 마음 바꾼 거 아닌데.

　아니다. 혜리는 인류와 연구를 운운하며 보고해야 한다고 했었다. 냉정하게.

　-순서만 바꾼 거지. 보고를 뒤로 미룬 거.

　아, 혜리는 어쩌면 늘 이렇게 명쾌한 걸까.

　-근데 그 보고를 언제 할지 모른다는 게 문제. 내가 좀 바빠서.

　먼 기억 속의 혜리 또한 언제부터인가 내게 성큼 다가와 있었다. 그날의 목소리가 생생했다.

　돌려보내자.

　공감이 아니었다 한들, 서로 다른 길을 거쳤다 한들 어떠랴. 같은 지점에 도달했다면. 그 순간이 빛나는 기억으로 남았다면.

　혜리는 여전히 궁금해하고 있을까, 과학관에서의 나를? 나조차도 왜 울었는지를 설명할 길 없는 그때의 나를, 그 소년을, 그 시절을 함께 꺼내보는 게 어쩌면 그렇게 나쁜 일만은 아닐 것 같았다.

　-덜 바쁜 날 있으면 한번 볼까? 내가 연구소로 갈게.

　-무슨 일 있어?

　-지난번 그 부탁에 응할까 해서.

　기억이든 정신이든 자아든 그 무엇이라고 불러도 상관없는 것의 일부를 공유하는 일을 너무 두려워하지 않기로 했다. 그리고 한번 걸어보기로 했다. 인간이 인간에게 이르는 새로운 길을.

　길지 않은 침묵을 깨고 혜리가 답했다.

-그거 좋지.

어쩐지 헤리가 웃고 있을 것 같았다. 나처럼.

| 작가노트 |

지구가 둥근 데다 돌기까지 한다는 걸 믿으려고 애쓴 시절이
있다. 금기도 아니고 부끄러운 것도 아닌데 왜 그 의심을 드러내
지 못하고 혼자 끙끙 앓았는지 모르겠다. 병(?)은 알리랬다고, 그 의
심을 여기저기 떠벌렸다면 누군가가 내 머리를 콩 쥐어박으면서라
도 어떻게든 내 의심을 덜어주었을지 모르고, 그랬다면 그 어린 가
슴이 그렇게까지 흔들리고 부대끼지 않았을지도 모르겠다.

「소년 시절」은 여전히 남아 있는 그 부대끼는 느낌으로 쓰기
시작했다. 지구 밖 먼 우주를 꿈꿔서가 아니라 지구의 곡면과 회
전을 어떻게든 실감해보려고 하늘만 빤히 올려다보던 시간을 희
준에게도 강우에게도 흘려 넣었다. 평소 즐겨 읽던 뇌 과학 논픽

션을 다시 훑어보며 2023년 완성을 목표로 실제로 스위스에서 진행 중인 '휴먼 브레인 프로젝트'라는 소재를 얻고, 사이코패스 혜리, 강우에게 깃든 외계 생명체의 자아 등 등장인물의 캐릭터 설정을 '각기 다른 뇌의 설정'이라는 시각에서 접근할 수 있었다.

아주 가까운 미래를 배경으로 한 이유도 있겠지만, 행성과 외계인의 등장에도 결국은 지구 이야기가 되어갔다. 강우의 아주 다른 뇌와 그것을 향한 혐오를 그리던 때는 제주도 예멘 난민을 향한 도를 넘어선 혐오와 가짜 뉴스가 범람하던 때이기도 했다. 글쓰는 사람으로서의 미숙함 또는 나라는 인간의 나약함 때문이었을지도 모르겠지만 강우의 뇌를 도저히 지구에 정착시킬 자신이 없었고, 그래서 돌려보내고 말았다. 대신 희준과 혜리에게 숙제를 남기면서, 그들이 잘 해내기를 바라면서.

부족한 글로 수상의 행운을 누린 것도 더없이 감사하지만 이 글을 완성하는 동안만큼은 지구에 찰싹 붙어 있던 내 두 발이 아주 살짝 떠 있는 것 같던 놀라운 경험을 잊을 수 없다. 높이랄 것도 없는 그곳에서 내려다본 지구는 여전히 평평해 보였지만 말이다.

아마 앞으로도 내가 발 딛고 사는 세계는 대체로 평평할 테고, 둥근 데다 돌기까지 한다는 지구는 여전히 내게 의아하고도 버거울 것 같다. 하지만 그 지구 이야기를 쓰는 동안만큼은 과학이라는 풍선을 손에 쥐고 아주 조금은 지구로부터 두 발을 떼고 있을지도 모르겠다. 독자들께도 그 경험을 전할 수 있다면 더없이 기쁘겠다.

웬델른

김현재

대학에서 영화연출을 전공했다. 재학 중 연출한 단편영화 〈반납〉이 KBS 〈독립영화관〉 시간
에 방영되었다. 이후 《씨네21》, 《The DVD》, DVD 프라임 등 영화 및 DVD 잡지와 웹진 필자
로 활동했고, 영화 〈살아 있는 시체의 밤〉 한국판 DVD와 〈대괴수 용가리〉 북미판 블루레이
디스크의 음성해설에 참여했다. 미국 만화 〈엄브렐러 아카데미〉와 그 속편 〈엄브렐러 아카데
미: 댈러스〉를 번역했다. SF라는 끝없이 넓고 풍부한 세계를 여행하며, 그 기록을 남긴다는
마음가짐으로 소설을 쓰고 싶다.

1

사흘 전 아침, 문정수는 처음으로 그 소리를 들었다.

졸음을 쫓으려고 세수를 하고 난 참이었다. 갑자기 무거운 파도가 바위를 연신 때리는 듯한 소리가 귀를 움켜쥐었다. 처음에는 세면기 배수구로 물이 흘러내리는 소리와 뒤섞여 미처 구별하지 못했다. 째지는 듯한, 들어본 적 없는 짐승의 울음소리 비슷한 것도 얼핏 들린 듯했다. 동시에 정수는 혓바닥에서 비릿하고 시큼한 맛을 느꼈다. 지구인이라면 생굴 맛이라고 생각했을 만한 감각. 그는 턱밑으로 주르르 흘러내리는 물방울을 닦지도 않고 화장실 거울 앞에 멍하니 서 있었다. 하지만 그날은 그 이상한 소리와 맛의 근원을 굳이 찾지 않았다. 자기 뇌가 만들어낸 환청과 환미였겠거니 지레짐작했다.

그렇지 않아도 정수는 신경 쓸 것이 많았다. '보호복'을 이식받은 이래 그런 자질구레한 오동작은 끊임없이 일어나고 있었다. 오동작 정도로 끝나지 않을 때도 여러 차례였다. 주말에 만날 주치의에게 이야기할 거리가 하나 더 생겨났을 따름이다. 주치의는 정수에게 보호복을 입혀준 장본인으로서 정기적으로 예후를 점검하고 있었다. 정수의 몸엔 손볼 곳이 아주 많았지만, 매주 받는 점검은 상당히 성가신 일이었다. 특히, 수면 도중에 깨어나 배설을 해야 한다는 건 정수의 수많은 골칫거리 중에서도 으뜸에 들었다. 원래 몸에 이 정도 섭취량이면 이곳 날짜로 일주일에 한 번쯤 노폐물을 내보내도 충분했을 텐데. 이제는 노폐물의 종류가 두 가지로 늘어난 데다 몇 시간에 한 번씩 내보내야 한다니. 이런저런 오동작에 크게 변해버린 수면 패턴까지 겹쳐 그는 피로와 스트레스에 시달리고 있었다.

파도 소리는 어젯밤 화장실 문 앞에서 정수를 다시 붙들었다. 비릿하고 시큼한 맛도 돌아왔다. 두 감각 모두 너무도 생생하게 느껴져 잠시 시야가 어른거렸다. 이번엔 무슨 일인지 알아봐야겠어. 화장실을 나온 정수는 계단을 몇 칸 내려가 '파치데이' 홀 안으로 들어섰다. 그때쯤 파도 소리는 이미 사라져 있었다. 홀 안엔 그 말고 아무도 없었지만 이상하게도 이번엔 비릿한 맛이 코까지 자극했다. 이제 냄새로도 변한 맛은 더욱더 강해져 군침이 고였고, 한 번도 맛보지 못한 무언가에 대해 식욕이 느껴지기 시작했다. 정수는 조명을 켜고 파치데이를 구석구석 살폈지만 누군가가 침입한 흔적은 없었다. 경보도 울리지 않았고 출입구 쪽 경비 패널도 이상이 없었다. 머뭇거리는 동안 냄새와 맛과 식욕은 서서히 사라져갔고, 그는 조명을 끈 뒤 잠자리로 돌아갔다가 이내 이를 갈며 침대를 박차고 일어났다.

2

파치데이라고는 하지만 영업 중인 것은 아니었고, 그럴 만한 설비도 되어 있지 않았다. 정수가 머물고 있는 장소는 딱히 이름이 없었다. 대단히 까다로운 보안 시스템으로 외부와 격리된 그곳은 한 사람만을 위한 공간으로는 지나치게 넓었는데, 당분간 누군가가 더 들어올 가능성은 지극히 낮았다. 넓은 홀 한구석에 거실과 침실, 욕실을 겸한 화장실이 있었고 몇 걸음이면 닿는 건너편으로 주방이 있어 서너 명이 그럭저럭 살아갈 수 있는 시설이 갖춰져 있었다. 하지만 해당 거주 구역은 이곳의 아주 작은 일부였을 뿐이며, 나머지 공간은 어둠을 제외하면 텅 비어 있는 상태였다.

정수는 이곳에서 매주 예후를 점검하는 주치의 장민영과 식료품 등 생활에 필요한 갖가지 물품을 들여오는 업자 이도원 말고는 아무와도 만나지 않았다. 이곳은 마음대로 나갈 수도 없었고 만날 수 있는 사람들도 제한되었다. 보안 시스템은 매우 강력하여 멋대로 해제할 수 없었고 외부 침입도 거의 불가능할 만큼 잘 설계된 것이었다. 그 안에서 정수는 밖에 나갈 수 없다는 한 가지만 빼면 자유로웠다. 생필품도 비교적 풍족했고 여가에 필요한 도구도 필요하면 언제든 들여주었다. 보안에 저촉될 만한 것만 아니라면 정수의 요청 사항은 대부분 받아들여졌다. 남는 공간에 파치데이를 차리고 싶다는 제안이 통과되었을 때 정수는 무척이나 놀랐다. 제반 비용은 물론 정수 몫이었지만 지금은 외부에서 대신 부담해줄 것이었다. 정수가 앞으로 지구에서 해야 할 일 목록 맨 위에 빚 갚기를 올려놓기만 한다면.

　파치데이 이야기를 처음 털어놓은 상대는 주치의 장민영이었다. 한 달쯤 전 주간 검진 때였다. 민영은 추간판 탈출증으로 허리와 왼쪽 다리의 극심한 통증을 겪던 정수에게 진통제를 주사하려던 참이었다. 추간판 탈출증은 정수가 줄곧 겪어온 여러 가지 신체적 고통의 최신작으로서, 한 달에 한 번꼴로 그를 괴롭히고 있었다.

　"파치데이?"

　"그러니까 그걸 뭐라고 해야 되나. 여기선 '카페'라고 하던가?"

　"나도 알아. 그런데 이런 데다 파치데이를 열고 뭘 어쩌겠다는 거야? 꾸려본 경험은 있어?"

　"다들 심심하거나 어딘가 잠깐 기대 있고 싶을 때가 있잖아. 가끔 말 통하는 동족들을 만나 이야기라도 한바탕 하면 얼마나 좋아? 숨통을 트이고 쉴 수 있는 공간이 있으면 타지 생활을 이어가는 데도 도움이 되겠지."

"그래서 여기 사는 이종족들이 한데 모여 술이나 퍼마시는 델 만들겠다고? 미쳤니? 그게 얼마나 위험한 일인 줄 알아?"

"이 정도 보안이면 외부에서 탐지하기 어려울 거야. 지구 놈들도 아직 못 찾았잖아. 영업 방식과 출입 조건 같은 걸 제대로 정해두고 서로 지키기만 하면 별문제 없을 거야."

민영은 정수의 말을 자르며 쏘아붙였다.

"참 잘도 지키겠다. 너 여기 숨어 사는 종족이 몇이나 되는 줄은 아냐?"

정수는 짜증이 났다.

"뭐라도 해야지 어떡해, 그럼. 지겹고 답답해서 미쳐버릴 것 같다고! 차라리 가두려면 좁은 독방 같은 데나 가둘 것이지, 이 격납고만 한 데다 나 혼자 처박아두고 뭘 어쩌라는 거야?"

"누가 널 가뒀다고 그래."

"내가 이 빌어먹을 행성에 오고 싶어서 왔니, 그럼?"

"이제 와서 그걸 따지면 뭘 해! 이미 와 버렸잖아. 앞으로 평생 보호복을 뒤집어쓰고 살아야 하는 것도 그래. 죽지 않으려면 어쩔 수 없잖아. 보호복이 네 몸에 완전히 달라붙기 전까진 아무 데도 못 가는 것 뿐이야."

"그게 갇힌 게 아니면 뭐야? 내 몸을 껍데기 속에 가둬둔 걸로 모자라서, 껍데기째 또 밀실에 가둬버렸잖아. 감옥 속의 또 감옥이라고 이건!"

그때 민영이 주사를 놓았다. 허리의 묵직한 통증이 마치 전기 신호처럼 왼쪽 다리를 타고 흘러내려 갔다.

"제기랄! 이러다 다리에 마비라도 오면 어쩔 거야!"

"마비는 이미 왔었단다. 경미한 거였지만. 진통제 놨으니까 좀 편해질 거야."

정수는 한숨을 쉬었다. 엎드려 있어 민영의 얼굴을 볼 순 없었지만, 목소리만으로도 그가 이 순간을 조금은 즐기고 있음을 알 수 있었다. 민영은 정수에게 몸을 뒤집으라고 지시했다. 정수는 양팔만 쓰는 데 상당히 익숙해져 있었다. 민영의 얼굴은 이미 즐겁지 않은 모습으로 돌아가 있었다.

"파치데이고 카페고 다 좋은데, 보호복이 붙는 게 먼저야. 보호복이 네 몸이 되어야 그다음도 있는 거라고."

"1년이 넘었는데 아직도 이 꼴이잖아."

"그건 내 잘못이 아니야. 6개월이라는 정착 기간은 어디까지나 평균치니까. 나는 나대로 최선을 다하고 있어."

"알아. 고맙게 생각해."

"알면 불평은 좀 접어두시라고. 어떨 때 보면 네 몸이고 마음이고 하나같이 보호복을 거부하는 것 같아."

"아니라곤 말 못 하겠는데."

"할 수 있으면 그런 생각도 그만해. 이제부터는 내가 할 수 있는 일이 별로 없어. 고장난 부분을 그때그때 바로잡는 것 말고는. 행운이 약 같은 거라면 당장이라도 처방해주고 싶지만, 그럴 수 없는 이상 전적으로 네 원래 몸과 보호복에 달렸어."

"그러니 마음이라도 곱게 먹어라?"

"도움이 되면 됐지, 안 되진 않겠지."

"의사가 그런 말 해도 되나?"

"5년 전엔 나도 너랑 별다르지 않았어."

민영이 자리에서 일어났다.

3

정수는 이미 일을 저질렀다. 이도원을 거쳐 마드 출신 물류업자와 덜컥 계약을 해버린 것이다. 이도원은 정수가 바닷소리를 처음 들었던 사흘 전, 물류업자가 들여온 펠리프 육포를 80킬로그램이나 배달해 왔다. 홀로 들이는 검역 절차를 거치는 데 7시간이 걸렸다. 정수가 구상하는 파치데이, 즉 카페는 출신지와 생태가 각기 다른 종족들이 모이는 공간이었지만, 펠리프 육포는 상당히 널리 퍼져 있는 식품으로서 첫머리에 놓을 메뉴로 손색이 없었다. 육포는 보존성이 좋은 데다 포장만 뜯지 않으면 150년쯤 실온에 보관해도 끄떡없으므로, 정수는 한 꾸러미만 뜯어 절반은 냉장고에, 나머지 절반은 메뉴 개발용으로 찬장에 각각 넣어두었다. 그리고 이틀 뒤 추간판 탈출증이 돌아왔다.

파치데이 설비도 맡고 있는 이도원은 정수가 왼쪽 다리를 절뚝 거리는 모습에 고개를 가로저었다.

"그래가지고 되겠어? 슬슬 동업자든 일꾼이든 구해야 하지 않 아? 게다가 얼굴에 그건 뭐야?"

정수는 두 눈을 시력보조장치로 가리고 있었다.

"아침에 눈을 뜨니까 왼쪽은 안 보이고 오른쪽은 온통 흑백으 로 보이더라고."

"맙소사, 장민영이한테 연락해봤어?"

"눈을 새로 갈아 넣어야 할 것 같대. 이번 주말은 정기검진 대 신 수술이야."

"그럼 당분간 파치데이도 안녕이군. 다른 식자재 발주한 건 어 떻게 하지?"

"위약금 물고 취소해야지 뭐. 너한테도 미안해. 오늘은 시안만 보여주면 될 것 같아."

"미안할 게 뭐 있어. 네 잘못도 아닌데."

정수가 주방에서 커다란 컵과 술병 등을 이것저것 꺼내기 시작 했다.

"세리드 한 잔 만들어줄까?

도원이 반색했다.

"세리드가 다 있어?"

"우리의 마드 친구가 덤으로 푸도라 추출액을 한 병 끼워줬잖 아. 그걸로 만들어봤어."

"나야 대환영이지."

"맛이 어떨지 모르겠네. 연습하고 있었거든. 필수 메뉴잖아."

정수는 세리드를 거의 다 만들었을 때쯤 무심코 바닥 쪽으로 시선을 던졌다. 왼쪽 발치에 있는 찬장 문에 뭔가 못 보던 것이 튀어나와 있었다. 그릇 등 집기를 새로 꺼내지 않는 이상 잘 쓰지 않는 아래쪽 찬장이었다. 그런데 지금은 찬장 문에서 길쭉하고 끝이 뭉툭한 것이 튀어나와 있었다. 정수는 자세히 보려고 허리를 숙였다.

그것은 동물의 앞발이었다. 정수가 한 번도 본 적이 없는 동물일 터였지만, 어쨌든 무언가의 앞발임은 분명했다. 문에서 자라나듯이 쑥 튀어나온 앞발은 건너편에 쌓아 둔 펠리프 육포를 낚아채기 일보 직전이었다. 앞발은 엷은 회색으로 보였고 발가락은 네 개였다. 각 발가락 끝에는 짧지만 날카로운 검은색 발톱이 달려 있었다. 앞발은 바르르 떨고 있었다. 과연 그 상태로 육포를 쥘 수 있을지 의심스러울 만큼 힘겨워 보였다.

처음에 정수는 그 앞발의 주인이 어찌어찌 찬장 속으로 숨어들어 문에 구멍을 뚫어놓은 줄만 알았다. 그러나 이내, 그는 자신이 착각했음을 알았다. 구멍은 찬장 문에서 조금 떨어진 허공에 뚫려 있었다. 바로 그 순간 앞발은 육포를 붙잡아 천천히 구멍 속으로 물러났다. 육포 조각은 발톱에 간신히 걸려 있어 금방이라도 툭 떨어져버릴 것 같았다. 정수는 자기도 모르게 앞발이 육포를 놓치지 말았으면 하고 생각했다가 깜짝 놀랐다. 뭔지 모를 동물이 허공에 구멍을 뚫고 앞발만 디밀어 식재료를 훔쳐 가고 있는데 경보가 울리지 않았다. 둘 다 있을 수 없는 일이었고 심각한 보안 누수 상황이었다. 규정대로라면 정수는 경비 패널로 달려가 직접 경보를 울려야 했지만, 그 뒤에 따라올 이런저런 복잡한 절차, 즉 상황 진술과 몇 번째일지 모를 신체검사, 보안 시스템 총점검 및 재구축, 관리자의 일장 연설 등을 떠올리니 머리가 금세 어지러워졌다. 보호복 때문에 몸이 몸 같지 않은 것만으로도 매일매일이 힘든데 거듭 무게를 얹고 싶지 않았다. 찬장 너머에서 고향의 맛을 기대하고 있을 도원은 도원대로 날벼락을 맞을 것이었다. 어지러웠던 머리가 지끈지끈 아파 왔고, 정수리와 이마에 불쾌하고 냄새나는 분비물이 맺혔다.

그 사이 앞발은 아슬아슬하게 육포를 붙든 채 구멍 속으로 들어가 버렸고, 곧이어 구멍마저 쪼그라들어 사라졌다.

"왜 그래? 괜찮아?"

도원이 물었다.

"아니, 좀 어지러웠나 봐. 아무것도 아니야."

정수는 도원에게 세리드를 건넸다. 도원은 세리드 잔을 앞으로 내밀면서 정수의 잔에 가볍게 갖다 댔다. '쩡' 하는 경쾌한 금속음이 실내에 울려 퍼졌다.

"뭘 한 거야?"

도원이 씩 웃으며 대답했다.

"이건 건배라는 건데, 한잔하기 전에 뭔가 좋은 의미를 담아 기원하는 이쪽 풍습이야. 네가 보호복에 빨리 적응하라고 빌었어."

정수도 미소를 지었다.

"고마운데."

도원이 돌아간 뒤, 정수는 찬장에서 펠리프 육포를 꺼내어 몇 번을 거듭 세어보았다. 그가 기억하고 있는 숫자에서 꽤 여러 개가 모자랐다. 냉장고에 넣어둔 것들은 이상이 없었다. 바닷소리는 환각이었지만 이 밀폐된 장소의 보안이 뚫린 것은 환각이 아니었다. 그것도 어디서 온 줄도 모르는 '앞발'에게.

4

세리드는 정수와 민영, 도원 모두의 출신 행성 언틴의 대중적인 음료다. 가장 중요한 재료는 푸도라라는 식물의 줄기와 잎이다. 마드 물류업자가 정수에게 준 것은 추출액이었기에 푸도라를 곧바로 갈아서 짜낸 즙에 비해 아무래도 맛과 향이 떨어졌다. 파치데이를 열면 추출액을 쓸 수밖에 없을 것이다. 머나먼 언틴에서 푸도라를 직접 공수하려면 엄청난 비용을 감당해야 할 테니까(마드 녀석이 그 일을 하려고나 할까?). 그러므로 정수는 대강 비슷한 맛을 낼 수만 있어도 성공일 거라 생각했다. 아직 손에 익지 않은 배합만으로도 도원의 호평을 받고 나니 민영의 반응이 궁금했다. 정수는 정기검진이 없는 날도 종종 민영을 불렀고, 민영은 딱히 싫은 소리를 하지 않았다. 이번엔 시음 말고도 다른 용건이 있었다.

"음."

세리드를 한 모금씩 마시며 정수의 이야기에 귀를 기울이던 민영은 환미에 대한 묘사를 듣고는 세리드를 입안에서 한 번 굴렸다.

"왜?"

정수가 물었다.

"네가 말한 소리와 맛, 냄새. 그거 딱 바다인데."

"바다?"

"교육받을 때 뭐 했어? 이 행성 표면의 대부분이 그거잖아."

"면적의 70퍼센트를 차지하는 짠물. 그렇지만 언틴에는 바다란 게 없다고. 여기 와서도 직접 본 적은 없단 말이야. 볼 기회조차 있긴 했나?"

"없었지. 나는 있지만."

정수는 가끔 민영이 싸늘하게 정색을 하고 놀리는 말을 할 때마다 한마디씩 되갚아주고 싶었지만, 잘된 적이 한 번도 없어 이번에도 단념했다. 그동안 민영은 도구함에서 납작하고 손바닥만 한 사각형 케이스를 꺼내 왔다.

"입 벌려 봐."

민영은 케이스에서 손톱만 한 검은색 구체를 하나 꺼내어 정수의 혓바닥 위에 올려놓고는 입을 다물게 했다. 민영이 손가락으로 케이스 표면을 오른쪽으로 쓸어 넘기자 여러 가지 정보를 담은 디스플레이가 나타났다. 그가 손가락으로 디스플레이 표면을 이리저리 매만지는 동안, 정수는 혀에서 갖가지 미각이 생겨났다 사라지는 것을 느꼈다.

"네 말에 따라 초기 설정을 맞춰놓긴 했지만 똑같진 않을 거야. 그래도 이거다 싶으면 알려줘."

민영이 말하면서 미소를 지었다. 맛의 변화에 따라 일그러졌다 펴졌다 하는 정수의 표정이 재미있는 모양이었다. 정수는 그런 민영에게 종종 '너 같은 게 의사라니!'라고 쏘아주곤 했지만 정말로 화를 내진 않았다. 어찌 됐든 정수는 지금 자신이 뒤집어쓰고 있는 껍질이 몸에 완전히 달라붙을 때까지 민영에게 의지할 수밖에 없는 신세이기도 했다. 그런 생각을 하던 정수가 손가락을 치켜들었다. 시원하면서도 비릿하고, 시큼하면서도 짠 그 맛이었다.

"역시 그거였네."

민영이 정수에게 플라스틱 컵을 건네면서 말했다. 정수는 컵에 검은색 구체와 입안에 고였던 군침을 뱉었다. 민영은 세리드를 한 모금 더 마시고 말을 이어갔다.

"네가 경험했던 미각은 굴과 바닷물의 맛이야."

"굴?"

"어패류의 일종. 바다에 살고 여기 사람들이 별미로 치지."

"그렇다면 바다가 맞긴 맞는 거로군."

"후각 검사도 해봐야겠지만 이미 결론은 나온 것 같네."

"그렇지만 난 바다를 본 적이 없어. 이 행성에 떨어지고 나서 여길 한 발짝도 나가질 못했잖아."

"뭔가 이상한 일 또 없었어?"

민영의 표정은 정수를 약간 긴장하게 했다. 하지만 찬장 문 앞에 떠 있다가 육포를 훔쳐간 앞발 이야기는 하지 않기로 했다. 언젠가는 할지도 모르지만 지금은 아니었다. 정수는 마음을 다잡고 천천히 고개를 저었다. 민영은 정수를 잠깐 바라보다 표정을 풀며 가벼운 말투로 입을 열었다.

"뭐, 알았어. 이거 좀 더 마실 수 있을까?"

정수도 얼굴을 풀었다.

"물론이지."

민영이 화제를 바꿨다.

"눈은 어때?"

"더 나빠지진 않고 있어."

"세리드 마시고 봐줄게."

그날 밤 정수는 욕실에서 보호복 표면에 생긴 끈적거리고 기분 나쁜 분비물을 모조리 씻어냈다. 이 껍데기는 하루에도 몇 번씩 건조해졌다 습해졌다 하는 것이 영 불편하고 마음에 들지 않았다. 하루이틀만 분비물을 씻어내지 않아도 풍기는 불쾌한 냄새도 그랬다. 민영은 이 분비물이 자연히 생기는 노폐물이니 자주 씻어주기만 하면 별일 없다고 말했지만, 정수에게는 또 하나의 번거로운 보호복 오동작일 뿐이었다. 껍데기의 맨질맨질한 촉감에도 좀처럼 익숙해지지 않았고 분비물을 닦아내는 미끄럽고 거품이 이는 약품 때문에 처음에는 구역질까지 났다. 샤워를 마친 정수는 홀가분한 기분으로 냉장고에서 마지막 한 잔 남은 세리드를 꺼냈다. 푸도라의 쌉쌀한 향을 느끼면서(민영은 그것이 지구의 '쑥'이라는 식물과 아주 비슷하다고 말했었다) 한 모금 마시려다 무심코 찬장 아래쪽으로 시선을 옮겼을 때, 그 덜덜 떠는 작은 앞발은 펠리프 육포 한쪽을 허공에 난 구멍 속으로 힘겹게 가져가고 있었다.

이번엔 어떻게든 결판을 내야 했다. 정수는 잔을 싱크대에 내던지고 찬장 문 앞에 달려들어 오른손으로 앞발을 덥석 붙들었다. 가냘프고 병이라도 걸린 듯 떨리던 앞발은 육포를 놓치긴 했지만, 끌어당기는 힘이 엄청나게 셌다. 순간적으로 정수의 상반신이 앞으로 쏠리며 허리와 허벅지가 찌릿하게 당기기 시작했다. 그는 오른손을 더 힘껏 끌어당겼지만 앞발은 놀라울 만큼 강하게 버텼다. 이윽고 구멍이 좀 더 넓어지면서 동물의 다른 쪽 앞발이 튀어나와 정수의 오른손을 할퀴었다. 오른손 통각이 마비되어 있었던 것이 천만다행이었다. 정수는 왼손을 뻗어 오른손을 할퀴었던 다른 쪽 앞발까지 붙들고는 더욱 힘을 주었다. 이번에는 둥글고 뭉툭한 머리가 구멍에서 튀어나와 정수의 오른손을 깨물었지만 통증을 느끼지 못하니 허사였다. 그것은 정수가 한 번도 본 적이 없는 동물이었다. 이게 대체 뭘까 하는 호기심이 막 들려던 찰나, 정수의 허리에서 '뚝' 소리가 나면서 양다리의 힘이 빠져나갔다. 하필이면 이럴 때. 정수는 언틴 말로 욕설을 내뱉으며 구멍 쪽으로 확 끌려갔다. 구멍은 순간적으로 커지면서 정수의 전신을 받아들였다. 정수를 삼킨 구멍은 서서히 쪼그라들어 사라지기 전까지 몇 초 동안 그대로 열려 있었다. 그 너머에서 거대한 파도가 바위에 부딪쳐 흩어지는 소리가 들려왔다. 인기척이 사라진 파치데이 홀에 남은 쌉쌀한 세리드 향이 구멍 저편에서 넘어온 비릿한 바다 냄새와 뒤섞였다.

5

코를 강렬하게 자극하는 차갑고도 짭짤한 공기가 정수를 깨어나게 했다. 정신이 서서히 들면서 시끄러운 파도 소리가 귀를 때려대기 시작했다. 며칠 전 그가 들었던 파도 소리와 같았다. 정수는 섣불리 눈을 뜰 수 없었다. 조금 전 구멍 속으로 끌려 들어오자마자, 순간적으로 들이닥친 눈부신 빛과 차가운 바람에 정수는 눈이 멀고 팔다리가 굳은 채로 바닥에 쓰러졌다. 그렇게 온몸이 마비되어 괴로워하다 정신을 잃었던 것이다.

그래도 지금은 빛이 훨씬 약해져 있음을 눈을 감은 상태로도 알 수 있었다. 정수가 조심스럽게 눈을 뜨자 엷은 회색으로 물든 하늘이 보였다. 그러나 눈에 들어찬 광경은 초점이 나가고 해상도도 매우 떨어진 흑백 이미지였다. 시력보조장치가 어디론가 사라졌다. 이윽고 팔다리를 비롯한 몸 전체에 감각이 돌아왔다. 물론 허리의 격통도 뒤따라왔다. 다리를 움직이기는커녕 몸조차 제대로 가눌 수 없었다. 정수는 고통스럽게 신음했다.

뭔가 이상한 낌새를 챈 정수가 고개를 간신히 오른쪽 위로 돌렸다. 그곳에서 작은 동물이 네 다리로 버티고 선 채 정수를 노려

보고 있었다. 잿빛 털이 온몸을 빽빽하게 덮고 있었고, 동그란 얼굴 양옆으로 작고 동그란 귀 두 개가 살짝 튀어나와 있었다. 역시 동그랗고 까만 두 눈에는 사납거나 표독스러운 빛은 없었지만, 섣불리 다가가기 어렵게 하는 힘이 깃들어 있었다. 코와 입은 각각 하나씩이었고 코 양쪽으로 희고 갸름한 줄무늬 같은 것이 여러 줄이었다. 머리는 전체적으로 둥글고 뭉툭했고 목은 짧았다. 1미터쯤 되어 보이는 몸통은 길쭉했고 꼬리는 대략 그 절반 길이였다. 짜리몽땅한 네 개의 다리가 몸통 양쪽으로 두 개씩 달려 있었고, 작고 둥그스름한 발에 역시 작고 살짝 구부러진 발톱이 네 개씩 튀어나와 있었다. 정수의 주방에서 펠리프 육포를 훔쳐갔던 바로 그 발이었다.

동물은 정수와 눈이 마주쳤을 때부터 숨을 쌕쌕거렸는데, 갑자기 호흡이 불규칙해지더니 그대로 바닥에 엎어졌다. 눈을 감은 채 거친 숨을 몰아쉬는 모습이 이상했다. 정수는 격통을 참으며 몸을 뒤집고는 양쪽 팔꿈치로 상반신을 지탱하고 동물 쪽을 보았다. 동물은 오른쪽 옆구리가 끔찍하게 파헤쳐져 있었다. 그리고 그 깊은 상처 옆으로 털뭉치 같은 새끼 두 마리가 웅크리고 있었다. 새끼들은 동물이 엎어져 옆구리가 바닥에 닿자 꼬물꼬물 기어들어와 상처를 파먹기 시작했다. 그런데도 동물은 신음 소리조차 내지 않고 가만히 있었다.

그제야 정수는 고개를 돌릴 수 있는 범위 안에서 주위를 둘러봤다. 그와 동물들은 편편한 바위 위에 있었는데 그 옆으로도 크고 작은 바위들이 여럿 늘어서 있는 것 같았다. 정수가 있는 바위 너머로는 하얀 지면 같은 것과 짙은 회색 장막 같은 게 보였지만, 눈의 초점이 나가 있어 그 이상 파악할 수 없었다. 뒤를 돌아보자 널따랗고 검은 평지가 있었고, 그 방향에서 거대한 물이 용트림을 하는 듯한 소리가 들려왔다. 평지라고 생각했던 그곳은 바다였다.

태양이 바다 너머로 가라앉으며 하늘과 물을 온통 붉게 물들여 놓았지만, 정수 눈에는 모든 것이 흑백이었다. 노을빛이 눈부셨으나 눈을 뜨지 못할 정도는 아니었다. 노을 진 바다는 지구에 도착하여 껍질을 뒤집어쓴 이래 거의 1년이 넘도록 연금 상태였던 정수가 처음으로 목격한 지구의 자연이었다. 며칠 전부터 듣고, 맛보고, 냄새 맡았던 곳의 감각도 정수의 온몸을 둔중하게 두드려댔다. 그때 '개애액' 하는 나직한 비명이 정수의 주의를 돌렸다.

동물은 숨을 거칠게 몰아쉬며 이따금 신음을 흘렸다. 정수는 새끼들이 갉아먹는 상처의 고통 때문일 거라고 짐작했다. 새끼들을 어미 몸에서 떼어놓고 싶었지만 거기까지 기어가려면 좀 더 힘을 모아야 할 것 같았다. 잠시 후 정수는 포복으로 동물이 있는 쪽까지 다가갔다. 허리 통증을 참으며 이를 악물었다. 동물에 가까워질수록 썩는 듯한 악취가 날카롭게 코를 파고들어 왔다. 편 손바닥보다 약간 더 큰 새끼들은 아직 눈도 뜨지 못한 상태였는데 정수가 어미에게서 떼어내자 몸부림을 치며 저항했고, 바닥에 놓이자마자 어미의 상처를 향해 기어가기 시작했다. 상처가 공격을 받은 흔적임은 전후 상황을 모르는 정수도 알 수 있었다. 뭔가 커다랗고 날카로운 것이 옆구리를 깊이 후벼 팠을 것이다. 자리를 뜰수 없게 된 어미는 자신을 위해, 그리고 새끼들을 위해 정수의 주방을 털어 먹이를 충당하려 했겠지. 새끼들은 그것도 부족한 나머지 어미의 살을 뜯어 먹기 시작했고.

어미는 정수의 주방을 어떻게 찾아냈을까? 이 해변과 정수의 주방은 서로 얼마나 떨어져 있는지 가늠조차 할 수 없는 완전히 다른 장소였다. 끌려오기 전에 정수가 주방에서 마지막으로 확인했던 시간은 틀림없이 밤이었지만, 이곳에선 아직 해가 지지 않은 걸로 보아 시차가 있을 만큼 먼 곳인 것 같았다. 이 상처 입은 동물은 공간에 구멍을 뚫어 다른 공간과 연결할 수 있었다. 녀석이 멀쩡한 몸이었다면 그 구멍으로 두 곳을 마음대로 옮겨 다녔을 터였다.

정수는 이 작은 동물이 공간 이동을 하려면 엄청난 에너지가 필요할 거라고 짐작했다. 부상을 입은 뒤로는 더욱 힘겨웠을 것이다. 정수는 동물의 앞발이 덜덜 떨리던 모습을 떠올렸다. 극심한 고통에 시달리면서도 있는 힘 없는 힘 모두 쥐어짜내어 공간을 연결하는 구멍을 뚫고 새끼들을 위해 먹이를 구하려던 모습. 마침 힘이 닿는 거리에 정수의 찬장이 있었기에 망정이지, 그렇지 않았다면 녀석은 이미 새끼와 함께 굶어 죽었을지도 모른다.

새끼들은 어느새 어미 옆구리에 다시 파고들어 상처를 뜯어 먹고 있었다. 이 녀석이 주방으로 통하는 구멍을 다시 만들어준다면 육포를 잔뜩 가져다줄 수 있을 텐데. 지금 상태로는 도저히 불가능해 보였다. 정수는 추간판 탈출증이 다시 도져 통증에 시달리고, 몸 곳곳의 감각이 혼란에 빠진 상태로 바닥에 널브러져 있는 자신의 모습을 그렸다. 그 모습은 깊은 상처를 입고 바닥에 엎드린 채 새끼들에게 몸을 내맡기고 있는 저 작은 동물과 다를 바가 없어 보였다. 공간과 몸이라는 두 가지 감옥에 이중으로 갇혀 어디에도 갈 수 없었던 정수와 어디든지 갈 수 있는 능력을 가졌으나 이제는 공간 이동은커녕 몸을 꿈쩍일 수도 없게 된 작은 동물.

'어디 한구석에 처박힌 신세는 다를 게 없구나.'

시력보조장치를 잃어버린 정수는 동물들 너머의 사물을 제대로 볼 수가 없었다. 그것도 한쪽 눈만이 감지할 수 있는 흑백의 초점 나간 이미지들 뿐이었다. 정수는 주위가 아까보다 덜 밝다는 걸 알 수 있었다. 그는 자기도 모르게 동물을 향해 중얼거렸다. 목소리가 들리자 동물이 헐떡거림을 멈추고 정수 쪽으로 고개를 돌렸다.

"너나 나나 어지간히 힘들구나. 나는 몸이라도 어떻게 꿈쩍일 수 있겠다만. 조금만 더 참아봐. 여기 뭐가 있을진 모르지만 어떻게 해볼까 싶다."

정수는 바위 가장자리로 짐작되는 곳까지 기어가보았다. 다행히 예상이 맞았다. 가장자리 너머는 꽤 가팔랐지만 지면까지의 거리는 멀지 않은 것 같았다. 정수에겐 지면도 그저 얼룩덜룩하고 흐릿한 형체들의 집합으로 보일 뿐이었다.

"울퉁불퉁한 바닥이 아니면 좋겠는데."

정수는 바위를 내려가려다 말고 동물 쪽을 돌아보았다.

"혹시라도 할 수 있으면, 내 주방하고 다시 연결을 좀 해줘. 무리하라는 얘긴 아냐. 그래도…"

정수는 말을 더 잇지 못하고 상반신을 가장자리 너머로 천천히 내밀었다. 동물은 그 모습을 바라보다가 고개를 앞쪽으로 돌렸다. 그렇지만 아까처럼 바닥으로 고개를 떨어뜨리는 대신 해가 다 져가는 바다 쪽으로 시선을 돌렸다. 동물이 고개를 두어 번 주억거리자 주둥이 양쪽에 그어져 있던 흰색 줄무늬들이 서서히 갈라져 나와 마치 더듬이처럼 꼿꼿하게 펼쳐졌다. 동물은 이내 코를 킁킁거리기 시작했다. 새끼들이 여전히 옆구리를 뜯어 먹고 있었지만, 그 작은 동물은 더 이상 고통을 느끼지 않는 것처럼 보였다.

6

잠시 후, 정수는 바위 아래 모래밭에서 뒹굴며 고통에 겨운 신음을 내뱉고 있었다. 몸을 제대로 가누지 못해 바위 가장자리에서 균형을 잃고 굴러 떨어졌던 것이다. 온몸이 모래와 흙투성이였고 얼굴과 손, 팔꿈치, 무릎 등 여기저기 찰과상과 타박상을 입었다. 무엇보다도 허리에 충격이 간 탓에 요통이 몇 배나 심해졌다. 정수는 화가 나 오른 주먹으로 모래밭을 몇 번이나 두들겨댔다. 마치 허리의 격통을 주먹에 조금이라도 나누어주겠다는 양.

고통과 분노 속에서 정수는 보호복을 뒤집어쓰기 전 원래 몸과 그 몸의 감각이 어땠는지를 떠올리려 발버둥 쳤다. 어째서인지 기억이 잘 나지 않았다. 통증 때문에 집중하기 힘들어서만은 아닌 것 같았다. 만일 보호복 속에서 헐떡이며 뒤척이는 동안 원래 몸의 감각을 잃어버렸다면. 그렇다면 정수에게는 원래 몸으로 느꼈던 감각들은 전부 사라지고, 오로지 그 몸으로 감각한 적이 있었다는 기억만 남아 있는지도 몰랐다.

'몸이 껍데기를 뒤집어쓰니 기억까지 껍데기가 되어버렸어.'

그 이름조차 들어본 적이 없었던 지구라는 행성에 떨궈진 채 죽어가던 그를 살린 것은 틀림없이 보호복이었다. 이도원이 그를 제때 발견하지 못했다면, 장민영이 보호복을 시술하지 않았다면, 원래 몸을 덮어쓴 보호복이 새로운 몸으로 바뀌기까지 숨어서 적응할 공간을 마련해준 언틴의 다른 동족들이 아니었다면, 문정수는 지구에서의 첫날을 넘기지 못했을 것이다.

그러나 보호복은 정수의 목숨만을 살려줬을 뿐, 목숨 이외의 나머지 것들을 끔찍하게 만들어버렸다. 보호복의 작용으로 언틴인의 몸이 지구인의 몸으로 완전히 바뀌는 데 걸리는 기간은 통상 6개월. 그러나 정수는 보호복 속에서 1년이 넘게 생존해왔지만 아직도 지구인의 몸을 온전히 얻지 못했다. 이곳저곳에 수시로 탈이 났다. 처음부터 뇌경색이라는 심각한 부작용을 선사했던 보호복은 폐암, 갑상선 항진증, 고혈압, 신장염 등을 차례로 불러왔고, 잊을 만하면 어딘가의 뼈가 부러지거나 금이 갔으며 갑자기 이가 몽땅 빠져버린 일도 있었다. 감각이 사라지거나 왜곡되는 건 그냥 일상이었다. 지구인이라면 벌써 몇 번이나 죽거나 후유증이 남았을, '정수'라는 지구 이름을 받은 언틴인을 그때마다 원상복귀 시킨 것은 출신 행성의 발달한 의학이었다. 그럼에도 구조가 완전히 다른 두 생물을 어느 한쪽으로 전환시키는 이 틀을 언틴 시절부터 다뤄왔던 민영조차 정수가 동화에 어려움을 겪는 이유를 알 수 없었다. 현재로서는 정수의 몸에 이상이 생길 때마다 바로잡고 또 바로잡는 일을 반복할 수밖에 없었다.

보호복을 시술받은 이후로 정수는 자기 삶을 통제할 수 없었다. 원래 몸을 천천히 녹여 없애는 보호복에 갇혀야 했고, 인간의 몸을 갖기 전엔 지구 사회에 편입될 수 없으니 그동안 외부에서 탐지되지 않는 밀실에 갇혀야 했다. 민영은 그가 갇혀 있지 않다고 말했지만 그건 기만이고 위선이었다. 정수는 갇혀 있었고 그것도 이중 감옥에 갇혀 있었다. 뜻하지 않은 '외출'로 감옥을 한 겹 벗어나긴 했지만 몸이라는 나머지 감옥 하나는 여전히 그를 구속 중이었다. 그것은 어떻게 해서도 벗어날 수 없는 감옥이었고 지금도 그를 옥죄면서 아무것도 할 수 없게 만들고 있었다.

정수는 바닥에 등을 대고 똑바로 누웠다. 바닥은 생각보다 평평했고 고운 모래 위주라 부드러웠으나, 허리를 펴자 얼얼한 통증이 날뛰었고 왼쪽 다리가 몹시 저렸다. 당장은 자세를 다시 바꿀 기운조차 없었다. 그는 눈을 감고 잠깐이라도 마음을 비우려 애썼다. 방에서 들었던 것보다 몇 배나 요란한 파도 소리가 서서히 귓속을 채웠고, 비릿한 굴의 맛과 바닷물 냄새가 혓바닥과 코에 감돌았다. 어처구니없게도 배가 고파졌다. 정수는 자신보다도 훨씬 굶주려 있을 동물이 걱정됐지만 어쩔 수 없었다. 이래서야 뭘 어떻게 할 수 있겠어. 눈도 제대로 안 보이고 걷지도 못한다고.

파도 소리 사이로 동물의 위협적인 울음소리가 들린 것은 바로 그때였다. '카악 카악' 하는 그 소리에 정수는 흐트러진 정신을 다 잡았다. 뒤통수에 저릿한 감각이 퍼지며 동물에게 위험한 일이 생겼다는 직감이 들었다. 정수는 힘들여 몸을 뒤집고 한 손으로 그가 굴러떨어졌던 바위 옆면을 움켜쥐고는 상반신을 일으켜 세우려 했지만, 허리 통증을 못 이기고 다시 옆으로 쓰러졌다. 어딘가에 머리를 찧었는데 바닥이 아닌 다른 물체에 부딪힌 듯한 느낌을 받았다. 정수는 왼손을 뻗어 그걸 치워버리려 하다가 동작을 멈췄다. 왼손에 닿은 물체의 감각이 익숙했다. 시력보조장치였다. 얼른 집어 눈 위에 갖다 댔다. 천만다행으로 파손되지는 않은 듯했다. 오른쪽 눈의 초점이 되돌아오며 사물이 한층 또렷이 보이기 시작했다. 사위가 한층 어두워져 있었다.

카악거리는 동물의 울음소리에 육중하게 그르렁거리는 다른 동물의 울음소리 같은 게 뒤섞였다. 정수는 다시 상반신을 일으켜 바위를 움켜쥐고는 한쪽 다리를 굽혀 무릎 꿇은 자세를 취하려 했다. 악문 이 사이로 신음이 새어 나왔다. 간신히 양 무릎을 꿇어앉았다. 이제는 양팔의 힘만으로 몸을 끌어 올려야 한다. 조금만 더 끌어 올리면 바위 가장자리에 손이 닿는다. 정수는 동물들의 울음소리가 더욱 거칠게 뒤엉킨 것을 듣고는 다리에 힘을 줘 일어서

보려고 했지만, 끊어질 듯한 허리 통증 때문에 힘이 들어가지 않았다. 간신히 한쪽 손이 바위 가장자리를 붙잡았다. 다른 손을 올려 바위 가장자리를 마저 붙들고는 온 힘을 다해 상반신을 끌어 올렸다. 정수는 자기도 모르는 사이에 비명을 내지르고 있었다.

7

어떻게 바위 위에 양팔을 걸쳤는지 모른다. 눈앞이 하얗게 흐려지는 듯 몇 차례 번쩍이더니 다시 밝아졌다. 그리고 바위 위의 참상이 보였다. 바로 몇십 센티미터 앞 편편한 바위 위에서 작은 동물이 커다란 다른 짐승과 대치하고 있었다. 작은 동물은 네 다리로 벌떡 일어선 채 커다란 짐승에게 카악 카악 위협하는 소리를 내질렀다. 작은 동물의 옆구리에 대롱대롱 매달려 있던 새끼 한 마리가 그 서슬에 놀라 툭 떨어졌다.

그 커다란 네발짐승은 덩치가 정수의 두 배쯤 되어 보였다. 온몸에 털이 고르게 덮여 있었고 입과 턱이 앞으로 툭 튀어나왔다. 큼직한 삼각형 귀 두 개가 머리 옆쪽에서 위를 향해 쫑긋 솟아 있었고 흉악하게 갈라진 입 사이로 수십 개의 날카로운 이빨이 군침에 뒤덮여 번들거렸다. 작은 동물에게 깊은 상처를 입혔던 바로 그놈일 것이다.

그 순간 정수의 허리가 우두둑 소리를 내며 꺾였고, 다리의 힘이 풀린 정수는 모래밭에 얼굴부터 처박혀 나동그라졌다. 시력보조장치가 부서져 얼굴에서 떨어졌다. 정수는 고통을 느낄 겨를도 없이 다시 고개를 쳐들고 바위를 기어 올라갔다. 바위 위에선 작은 동물의 목덜미를 깨문 커다랗고 사나운 짐승이 고개를 양쪽으로 휘두르고 있었다. 정수는 왼 주먹으로 왼쪽 허벅지를 미친 듯이 내리쳤다. 그렇게 하면 다리가 다시 움직일 수 있기라도 하다는 양.

고개를 마구 휘두르던 커다란 짐승이 마침내 작은 동물을 바위 위에 내던졌다. 작은 동물은 꿈쩍도 하지 않았다. 커다란 짐승은 한쪽 앞발로 작은 동물의 몸뚱이를 걷어차 바위 가장자리로 치워 버렸다. 그러고는 바닥에서 꿈틀거리는 새끼들을 향해 움직였다.

"안 돼!"

커다란 짐승과 정수의 눈이 서로 마주쳤다. 짐승은 정수를 똑바로 쳐다보며 사납게 으르렁거리다가 다시 새끼 쪽으로 고개를 돌리고 한 걸음 성큼 다가섰다. 그러자 '카악' 하는 절규와 함께 어미가 새끼와 짐승 사이로 뛰어들었다. 썩어가는 상처와 부러졌을지도 모를 목뼈로 죽음의 목전까지 떠밀렸던 작은 동물은 있는 힘껏 짐승을 향해 포효했다. 커다란 짐승이 '컹' 하고 동물에게 달려들었고, 그 순간 작은 동물의 주둥이에서 줄무늬 더듬이가 양옆으로 쫙 펼쳐졌다. 커다란 짐승의 바로 앞으로 몸뚱이만 한 구멍이 생기면서 놈을 순식간에 빨아들이더니, 폭발하는 듯한 빛을 내며 사라졌다. 작은 동물은 마치 온몸의 뼈가 사라져 버린 듯 그 자리에 힘없이 푹 쓰러졌다.

허리 밑이 완전히 마비된 정수가 동물들이 있는 바위 위까지 기어 올라가는 데 15분이 걸렸다. 작은 동물은 바위 한가운데쯤 처참한 몰골로 쓰러져 있었다. 온몸이 피투성이였고 목은 옆구리보다 더 흉하게 찢겨 있었다. 새끼들은 마치 그 사정을 알기라도 한다는 듯 거리를 둔 채 어미를 물끄러미 바라보고 있었다. 정수가 바위 위로 올라오자 두 마리는 동시에 그에게 시선을 던졌다. 작은 동물은 아직 숨이 붙어 있었지만 금방이라도 끊어질 것 같았다. 정수가 몸통을 쓰다듬자 한쪽 눈동자가 움직여 그와 눈길을 맞췄다. 정수는 눈을 감고 그 작은 동물의 머리 위에 조심스럽게 이마를 대었다.

한참 뒤 고개를 든 정수는 새끼들을 바라보았다. 어미 쪽을 보던 새끼들은 얼른 정수와 눈길을 마주했다. 정수는 옆쪽으로 좀 더 기어가서 양팔로 작은 동물과 새끼들을 품었다. 새끼들은 정수에게 코를 처박고 냄새를 맡느라 정신이 없었다. 작은 동물이 천천히 고개를 들었다. 녀석은 정수를 바라보고 있었다. 정수는 동물의 두 눈에 어린 물기가 원래부터 있던 것인지, 아니면 자신의 두 눈에 맺힌 액체 같은 것인지 알 수 없었다. 동물은 정수를 한참 바라보다가 고개를 천천히 바깥으로 돌렸다. 그러고는 다시 정수를 보았다. 녀석이 고개를 두어 번 더 그렇게 움직이고 나서야, 정수는 동물이 뭔가를 알리고 싶어 한다는 걸 알았다. 녀석이 고개를 다시 한 번 바깥쪽으로 돌리자 정수도 그쪽으로 시선을 옮겼다.

정수의 1미터쯤 앞 허공에 구멍이 뚫려 있었다. 그 너머로 뭔가 납작한 것들이 차곡차곡 쌓여 있는 광경이 보였다. 정수가 숨을 들이켰다. 펠리프 육포 더미였다. 구멍 너머는 정수의 거처 주방이었다. 그리고 보니 어느새 작은 동물의 줄무늬 더듬이가 빳빳하게 펼쳐져 있었다. 정수는 꿈틀거리는 새끼 두 마리를 어깨 위에 올렸다. 녀석들은 떨어지지 않으려고 셔츠를 발톱으로 꽉 붙들었다. 그는 구멍을 향해 기어가기 전에 작은 동물을 한 번 더 돌아보았다. 동물도 그를 물끄러미 쳐다보고 있었다. 녀석은 더 이상 고통스럽지 않은 듯 숨을 헐떡이지도 않았고 아주 평온한 표정이었다. 정수는 녀석이 목 아래로는 전혀 움직일 수 없을 거라고 짐작했다. 이 구멍은 녀석이 생명의 끝자락을 불태워 만든 것이리라. 정수는 어깨 위에 매달린 두 마리 새끼의 무게를 계속 확인하면서 구멍을 향해 기어가기 시작했다. 그 짧은 시간 동안이나마 정수도 온몸의 고통을 잊었다.

정수는 구멍이 쪼그라들어 사라지기 전, 건너편에 남아 있는 작은 동물의 마지막 모습을 볼 수 있었다. 녀석은 미동도 않고 정수와 시선을 맞추고 있었다. 그 순간 정수는 자신의 오른쪽 눈이 색깔을 다시 구별할 수 있게 되었음을 알았다. 작은 동물의 몸을 덮고 있는 털은 보랏빛이 감도는 짙은 갈색이었고, 그 뒤로 보이는 하늘은 지는 해가 내뿜는 타는 듯한 붉은 빛으로 물들어 있었다. 까맣게 반짝이던 작은 동물의 두 눈동자는 구멍이 사라지고 난 뒤에도 허공에 계속 감돌았다.

8

정수는 침대 위에 엎드려 새끼들이 자기들 몸집만 한 펠리프 육포를 야금야금 뜯어 먹는 모습을 바라보고 있었다. 어째서인지 녀석들은 자꾸만 등을 바닥에 대고 누우려 했고, 정수가 뒤집어놓으면 어느새 다시 눕곤 했다. 지금도 누운 채 몸통 위에 올려놓은 육포를 작은 양 앞발로 단단히 붙잡고 있었다.

정수는 지난 이틀 동안 두 가지 생각만을 반복해왔다. 어미를 구할 방법이 정말로 없었는가. 이 녀석들을 어떻게 돌볼 것인가.

첫 번째에 대해서는 몇 번을 다시 생각해봐도 '없었다' 말고는 다른 결론을 내리지 못했다. 부상만 아니었다면 마음대로 공간을 넘나들 수 있었을 그 이름 모를 동물은 정수와 만났을 때 이미 공간 이동은커녕 몸도 제대로 가누지 못하는 상태였다. 그 커다랗고 사나운 짐승에게 공격당했거나 다른 이유가 있었겠지. 녀석은 우연히 자신의 힘이 닿는 곳에서 육포 더미와 이런저런 식료품을 발견할 수 있었다. 그 동물이 사나운 짐승을 어디론가 날려버리고, 마지막으로 정수와 새끼들을 주방으로 돌려보낼 수 있었던 힘은 적어도 그들이 처음 만났을 때 기대할 수 없던 것이었다. 극한 상황에서 발휘되었던, 평상시의 한계를 넘어서는 그 힘은 기적이라고밖엔 설명할 길이 없었다.

두 번째에 대해서는 백지였다. 정수는 지구에 오기 전에도 동물들을 돌본 적이 없었고, 사실 동물을 좋아하기보다 피하고 꺼리는 쪽이었다. 게다가 이 녀석들은 어디로든 오갈 수 있는 능력을 가진, 보지도 듣지도 못한 종이었다. 아직 너무 어려서 공간 이동 능력이 발현되지 않아 떠나지 못하는 거겠지. 그렇기에 능력이 생겨나 자기들 몫을 할 수 있을 때까지는 정수가 맡아야만 했다. 그러나 혼자서 감당할 수 있을 만한 일이 아니었다.

이튿날 정수는 민영을 불러냈다. '정기검진 날도 아닌데 뭣 때문에?'라고 툴툴거리던 민영은 홀 바닥을 엉금엉금 기어다니고 있는 새끼 두 마리를 보자 한동안 말이 없었다.

"어디서 났어?"

"미안하지만 말 못 해."

"그 몸으로 밖엘 나갔다 왔어? 보안 시스템은 어떻게 해제한 거야?"

"안 나갔어."

"안 나가긴! 도대체 그 꼴은 뭐야?"

'그 꼴'이란 허리 아래가 완전히 마비되어 물류 운반용 롤러 보드 위에 엎드려 있는 정수의 모습이었다. 얼굴을 비롯하여 여기저기 찰과상과 타박상을 입은 것도 포함해서. 민영은 잠시 숨을 고르며 진정을 되찾으려다 다시 윽박질렀다.

"시력보조장치는 어따 팔아먹었어?"

"아직 좀 흐릿한데 왼쪽 눈이 다시 보여. 오른쪽도 색깔이 다시 돌아왔고. 수술 안 해도 되겠어."

왠지 모르게 피식 웃음이 나왔다. 정수는 민영의 얼굴을 보고 처음으로 작은 승리감을 느꼈다.

"좋아. 보안 시스템에 기록이 안 남았으니까 이번 일은 나만 입다물면 그냥 넘어갈 수도 있을 거야. 뒤처리는 너만 귀찮은 거 아니니까. 그렇지만 정기검진 이외의 진료니까 이건 청구할 거야. 일단 눈부터 보자고."

"필요 없어. 다 괜찮아졌다니까."

"시끄러!"

민영은 다짜고짜 정수의 왼쪽 눈꺼풀을 잡아당겼다.

왼쪽 눈의 시력은 아직 미미했지만 회복될 조짐이 있었다. 민영은 한층 누그러진 표정을 지었다.

"이제야 말을 듣기 시작한 건가."

"정말 그렇게 생각해?"

"어떻게 했는진 몰라도 마음을 고쳐먹은 모양이네."

"의사가 그런 말을 해도 되는 거야?"

"그만둬."

민영은 화제를 바꿨다.

"이것들은 대체 뭐야?"

"실은 그게 문제야."

정수는 이 동물들의 특별한 능력에 대해서는 말하지 않았다. 민영은 의구심을 감추지 않았지만 더 추궁하지도 않았다. 그는 새끼들을 얼마간 관찰하더니 지구에 사는 '해달'이라는 동물과 비슷하게 생겼지만 좀 더 살펴봐야 한다고 말했다. 민영은 정수를 대신해 새끼들이 잠자고 대소변을 처리할 수 있는 간단한 보금자리를 꾸며주었지만, 녀석들은 정수의 주위를 떠나지 않았고 정수가 잘 때는 그의 가슴 위에 나란히 누워 함께 잤다.

나흘 뒤 정수는 다시 일어서서 걷게 되었다. 치료 때문에 매일 왕진을 와야 했던 민영은 그동안 새끼들에게 홀딱 반해버리고 말았다. 둥글둥글하고 꼬물꼬물거리는 녀석들이 참으로 귀엽다는 것이었다. 먹이를 주고 용변을 처리하는 일도 자기가 맡아 했다. 정수는 차라리 잘됐다고 생각했다. 민영에게 새끼들에 대해 이것저것 더 설명할 필요가 없었으니까.

정수는 귀엽다는 감정까지 들진 않았다. 그저 새끼들이 일찌감치 어미가 간 길을 뒤따르지 않도록 신경 쓸 뿐이었다. 동물에 대해 아는 게 아무것도 없어 매일매일이 임기응변이었다. 비슷하게 생겼다는 해달은 바다에 살았지만, 녀석들은 해달이 아니었고 생태도 크게 달라 바다에 살 필요는 없는 것 같았다. 다만, 외형 말고 비슷한 점이 몇 있긴 했다. 해달이 바다 위에 누워서 지내듯 녀석들도 자꾸 바닥에 등을 대고 누우려 했다. 또한 녀석들은 털이 엉키지 않도록 끊임없이 그루밍을 해댔다. 정수는 바닥에 널린 털뭉치를 치우며 연신 재채기를 했다.

며칠 사이에 대략적인 체계가 잡혔다. 녀석들은 하루 종일 먹고 싸고 털을 고르는 세 가지 일만을 했다. 육포 같은 고형식도 많이 먹었지만 그보다도 물을 엄청나게 마셔댔다. 원래 뭘 먹는지 알 수 없었으므로 민영이 얻어 온 영양 사료를 몇 종류 골라서 주고 있었는데 다행히 잘 자라는 것 같았다. 정수도 몸 상태가 그럭저럭 돌아왔다. 그러나 파치데이를 열 준비 같은 건 깡그리 잊고 새끼들의 먹이와 물이 떨어지지 않도록 계속 주의를 기울였고, 하루에도 몇 시간씩 털을 빗겨주었다. 나머지 시간 동안 새끼들은 정수가 어딜 가든 쫓아다녔고, 아예 어깨 위나 팔소매를 꼭 끌어안은 채 계속 매달려 있었다.

9

한 달쯤 지나자 새끼들은 몸집이 두 배 정도 불어났다. 이제는 정수에게 매일같이 매달리지도 않고 여기저기 뛰어다니면서 자기들끼리 놀았다. 먹고 마시는 양도 그에 비례해 늘어났다. 정수가 새끼들을 돌보느라 분주해 있는 동안 파치데이는 흐지부지되고 말았다. 그는 민영과 새끼들이 뜯어먹는 비용이면 파치데이를 두 군데 차리고도 남겠다며 자조 섞인 농담을 주고받곤 했지만, 이제 와선 별다른 도리가 없었다.

시간이 흐르면서 새끼 두 마리 사이에도 이런저런 차이가 눈에 띄기 시작했다. 어미처럼 보랏빛이 섞인 짙은 갈색 털에 감싸인 녀석은 양쪽 눈 바깥쪽이 살짝 쳐져 순한 인상이었고, 이따금씩 정수와 민영의 발치에 다가와 꼬리를 살짝 감았다 떼거나 발목에 몸통을 둥글게 감는 등, 마치 애교를 부리는 듯한 몸짓을 취하곤 했다. 민영은 녀석을 '순둥이'라고 부르며 특히 예뻐했다.

얇은 갈색에 주둥이 주위와 네발 끝만 뽀얀 털이 뒤덮인 다른 녀석은 코 주위의 수염이 어미와 달리 검은색에 가까웠다. 눈매가 제법 날카로웠는데 그런 인상에 걸맞게 순둥이보다 먼저 매달리기를 멈췄다. 애교 비슷한 동작도 좀처럼 하지 않았다. 민영은 녀석을 두고 쌀쌀맞다며 '쌀쌀이'라는 이름을 붙였다.

정수도 쌀쌀이보다는 순둥이 쪽에 자연스럽게 관심이 더 가려고 했지만, 그래도 공평히 대하려고 애썼다. 여전히 동물에 대해 잘 몰랐지만 자신이 어미라면 어느 한쪽으로 기울어지지 않을 거라고 생각했다. 순둥이의 애교에 너무 기뻐하지도 않고, 슬슬 자신을 피하는 쌀쌀이를 섭섭해하지도 않으려 했다.

새끼들의 변화와 함께 정수도 뭔가가 바뀌기 시작했다. 추간판 탈출증과 시력 이상에서 회복된 뒤로 한 달여 동안 정수는 큰 탈을 겪지 않았다. 아닌 게 아니라 그건 놀라운 변화였다. 마치 스피커의 좌우 조정 스위치를 교대로 조작하는 것처럼 가끔 양쪽 귀가 소리를 불균질하게 듣거나, 왼쪽 다리가 저려 잠을 설치기도 했지만 바다에 다녀온 직후에 비하면 아무것도 아니었다. 어느새 왼쪽 눈의 시력도 서서히 돌아오고 있었다. 기묘하게도 이 모든 것은 정수가 새끼들과 함께하면서부터였다.

어느 정기검진 날 '어떻게 된 거야?'라고 정수가 물었지만 민영은 대답을 하지 않았다. 한참을 묵묵부답하던 민영은 '듣기 좋은 얘기를 해 주고 싶지만 아직은 일러'라고 말했다.

그때 새끼들이 별안간 후다닥 움직이는 소리가 들려 정수와 민영이 홀 쪽을 동시에 바라보았다. 쌀쌀이가 고개를 45도 각도로 빳빳하게 세운 채 네발로 꼿꼿이 서 있었다. 순둥이가 바로 옆에 서 그 모습을 가만히 바라보고 있었다. 정수는 쌀쌀이의 코 양옆 으로 난 수염 같은 검은 줄무늬들이 펼쳐져 있는 걸 보았다. 이윽 고 쌀쌀이의 시선 앞 약 1미터 지점 허공에 지름이 녀석 몸통 길이 만 한 구멍이 생겼다. 쌀쌀이가 그 안으로 곧장 뛰어들자 구멍은 곧 사라졌다. 순둥이는 앞선 자세 그대로 계속 움직이지 않았다.

민영은 정수를 똑바로 쳐다보면서 물었다. 화가 나 있었다.

"제대로 얘기해줘. 어디서 어떻게 데려왔어?"

정수는 바닷가에서 있었던 일을 민영에게 전부 털어놓았다. 민 영은 심각한 표정으로 이야기를 듣고는 한참을 곰곰이 생각하다 입을 열었다.

"미리 말해두지만, 난 쟤네에 대해 아무한테도 말하지 않았어."

"누가 뭐라니?"

"아니야, 이건 중요한 이야기야. 너한텐 지금까지 그럴 기회가 없었겠지만, 앞으로도 쟤들에 대해 함부로 발설하지 마."

"나도 저 녀석들이 뭘 할 수 있는지는 알아. 뭔가 있는 거야?"

민영이 대답하려고 입을 열려는 순간, 쌀쌀이가 사라졌던 지점 에 다시 구멍이 생기더니 녀석이 쏙 튀어나왔다. 그러더니 쌀쌀이 는 곧바로 옆쪽 허공에 또 다른 구멍을 만들어 그 속으로 뛰어들 었다. 순둥이는 그 모습을 관찰하듯이 계속 바라보면서 허공에 대 고 코를 씰룩거렸다. 민영이 다시 입을 열었다.

"저건 '웬델른' 같아."

"그게 이름이야?"

"아마도."

"아마도?"

"확실하진 않아. 하지만 가고 싶은 곳으로 어디든 훌쩍 건너갈 수 있는 동물은 우주에 단 하나뿐이라고."

"어디서 들은 거야? 난 그런 동물이 있는 줄도 몰랐는데."

"이상할 거 없어. 모르는 사람들이 더 많으니까. 목격담이 가끔 나돌긴 해도 실제로 검증된 적이 없거든. 말하자면, 웬델른은 상상의 동물이야."

"나도 신화나 전설 같은 건 제법 읽어봤지만 생소한데. 그렇게 부르는 판본이 따로 있나?"

"어쨌든 엄청나게 희귀할 거야. 공간 이동을 하고 지능을 가진 탄소 기반 생명체라는 게 가당키나 하겠냐고."

정수는 자신의 두 다리를 잠깐 내려다보았다.

"녀석들에겐 감옥이란 게 없겠군."

"그러니까 무서운 거야. 지능이 있다면 훈련도 시킬 수 있을 거고, 게다가 어디든 드나들 수 있는 동물이란 말이야."

"그러고 보니 여기 보안 시스템에도 걸리지 않았잖아."

"절대로, 절대로 쟤네를 들키면 안 돼. 너 이도원한테도 입 꾹 다물어야 돼."

정수는 언틴 말로 욕설을 내뱉었다.

"이제 뭘 어떻게 하지?"

"당분간 비밀을 지키는 것 말고는 특별히 없을 거야. 저 녀석들이 언제까지나 여기 틀어박혀 있겠어?"

"그렇겠지."

머잖아 순둥이까지 공간 이동 능력을 갖게 되면, 쌀쌀이와 함께 우주를 자유로이 돌아다닐 것이다. 독립하는 거다. 민영이 정수의 어깨를 툭 쳤다. 정수가 민영을 바라보았지만, 민영은 굳은 표정으로 정수 옆쪽 너머 어딘가에 시선을 두고 있었다. 정수가 그쪽으로 고개를 돌리자 1.5미터쯤 떨어진 허공에 정수 상반신만 한 구멍이 뚫려 있었고 그 안에서 쌀쌀이가 빠져나오고 있던 참이었다. 반대편으로 우주공간이 내다보이던 구멍은 쌀쌀이가 나오자마자 쪼그라들어 사라졌다. 쌀쌀이는 잠깐 정수를 쳐다보고는 홀을 건너가 구석에 있던 순둥이에게 다가갔다. 순둥이는 연신 쌀쌀이의 냄새를 맡으며 비상한 관심을 표했다. 쌀쌀이도 고개를 주억거리는 모습이 마치 둘이 대화라도 나누는 것 같았다.

10

열흘이 더 지나자 순둥이도 구멍을 만들 수 있게 되었다. 그런데 이 녀석은 구멍을 만들자마자 그 속으로 들어간 뒤 다시는 돌아오지 않았다. 반면 쌀쌀이는 하루에도 몇 번씩 구멍을 만들어 어디론가 사라졌지만 날이 저물면 반드시 돌아와 정수의 거처에서 잠을 잤다. 정수는 여느 때처럼 쌀쌀이를 돌보았다. 녀석은 공간 이동을 하기 전보다 더 많이 먹고 마셨다. 어느 날 고급 영양 사료를 사들고 정수를 찾았던 민영은 돌아오지 않는 순둥이에 대해 눈살을 찌푸리며 툴툴거렸다.

"배신감이 드는데."

적잖이 섭섭한 모양이었다.

쌀쌀이는 다른 곳으로 떠날 때마다 점차 더 오랫동안 시간을 보내다 왔다. 두 달 반이 더 지난 어느 날 쌀쌀이는 다른 공간에서 돌아온 뒤 보름 동안 내리 잠만 잤다. 정수는 깜짝 놀라 민영을 불렀다.

"동물은 볼 줄 모르지만 위험한 상대는 아닌 것 같아. 열도 없고 호흡도 안정돼 있어. 괜찮을 테니 온도 유지만 해줘."

"이유가 뭘까?"

"어떤 동물들은 자기들에게 맞지 않는 환경을 만나면 영양을 비축해두고 환경이 좋아질 때까지 잠을 자. 비슷한 상황이 아닐까. 어쩌면 마지막으로 갔던 곳에서 체력 소진이 심했거나. 얼마나 있다가 돌아왔다고 했지?"

"닷새."

"그렇군. 다음 번 큰일을 위해 회복 중인지도 모르지."

정수와 민영은 쌀쌀이가 독립할 때가 되었음을 깨달았다.

보름 뒤 잠을 깬 쌀쌀이는 오랜만에 정수에게 다가와, 양쪽 앞발을 쳐들어 정수의 무릎을 꾹 누르기를 몇 차례 반복했다. 그러더니 홀 건너편 자기 잠자리 쪽으로 종종거리며 가다가 멈춰 서서 정수 쪽을 돌아보았다. 정수는 직감적으로 쌀쌀이가 따라오라는 신호를 줬다는 걸 알았다. 정수는 쌀쌀이의 잠자리로 가면서 녀석이 가장 좋아하던 먹이인 '배'라는 지구 과일을 찬장에서 꺼내와 든든히 먹였다. 쌀쌀이는 배를 세 개나 먹어치우고는 정수를 한참 쳐다보았다. 그렇게 오랫동안 눈을 맞춰준 적은 한 번도 없었다. 그 눈망울은 더 이상 쌀쌀맞지 않았고 서글서글하니 촉촉했다. 정수는 그 순간 죽은 어미의 모습을 떠올렸다. 눈앞이 물기로 흐려졌다. 쌀쌀이는 정수의 발치에 다가와 처음으로 그의 발목을 꼬리로 살짝 감았다 풀었다. 그러고는 이내 구멍을 만들어 그 너머로 모습을 감추었다.

11

쌀쌀이가 떠난 다음 날 추간판 탈출증이 돌아왔다. 바다에 다녀온 뒤로 처음이었다. 다시 침대에 드러눕게 된 정수는 눈을 감고 천천히 몸 곳곳의 감각에 집중해 보았다. 양쪽 모두 정상으로 돌아와 있었다. 허리와 왼쪽 다리 주변 말고 딱히 아픈 곳은 없었다. 그 밖에는 양쪽 손의 감각이 거의 사라졌지만 일상생활에 불편한 정도는 아니었고, 오히려 좋아지고 있었다. 저혈압도 왔지만 위험한 단계는 아니어서 약으로 충분히 다스릴 수 있었다.

그 밖에 또 어디가 안 좋을까. 그 밖에, 그 밖에… 정수는 집중하기를 멈췄다.

　민영과는 앞으로도 계속 주말 정기검진에서 만나야 할 것이다. 종종 약속 없는 날에도 만나겠지. 쌀쌀이가 떠났다는 이야기를 전하러 좀 이따가 불러낼지도 모른다. 지난 1년여 동안 정수가 가장 간절히 바랐던 소원은 민영이 자기 몸에 신경을 쓰지 않을 날이 오는 것이었다. 적잖은 시일이 걸릴 터였지만, 그날이 언제인지는 정수가 민영보다 먼저 알 것이었다.

　쌀쌀이는 지금 어디에 있을까. 정수는 쌀쌀이의 어미를 해변이라는 감옥에서 벗어나게 해주진 못했지만, 그가 구해준 녀석의 새끼들은 감옥이란 개념이 존재하지 않을 각자의 길을 찾아 떠날 수 있었다. 정수는 아직도 이중 감옥에 갇혀 있다. 그 가운데 절반쯤 자신의 몸이 되어버린 보호복이라는 감옥에서는 영영 빠져나가지 못할 것이다. 보호복이 온전한 몸으로 정착한다면 갇혀 있다는 사실을 잊어버릴 수도 있겠지만, 정수는 자신이 절대로 그러지 못하리란 것을, 삶에서 잃어버린 얼마간의 통제력을 결코 되찾지 못하리란 것을 이미 알고 있었다.

　하지만 정수는 아주 오랜만에 마음이 편했다. 갇혀 있다는 감각을 잠시나마 잊을 수 있다면, 앞으로 그 순간을 조금씩 늘려가면 될 일이었다. 뭔가가 끝나 버렸다면 그것을 다시 시작할 수도 있었다. 정수는 출발점 앞에 서서 감옥 바깥을 바라보았다. 창살 너머로 해를 띄워 올리고 있는 바다가 보였다.

　몇 년 전 개인사에서 불행한 일이 있었다. 나는 호되게 얻어맞아 다친 몸과 마음을 돌보려고 방에 틀어박혔다. 본디 책상물림이어서 나의 방 안 생활은 퍽 오래 이어졌다. 그렇게 시간을 흘려보내며 나는 천천히 가라앉았다. 마침내 저 아래 밑바닥이 바투 보일 만큼 가라앉자 문득 다시 살아야겠다는 결심이 생겼고, 살기 위해 무엇을 할 수 있을지 고민하게 되었다. 글쓰기는 그 고민의 결과였다. 이야기를 빚고 싶다는 욕구가 마음 어딘가에 항상 자리 잡고 있었던 모양이다. 마침 방에만 있겠다, 앞에 노트북도 있겠다, 글쓰기에 이보다 더 좋은 환경과 기회는 일부러 만들려 해도 만들 수 없었다. 한 글자 한 글자 써가기 시작했다. 그즈음 맞닥뜨린 창작 강의에서 내가 어디쯤 있는지, 얼마만큼 쓸 수 있는지 다른 이들의 잣대를 빌려보기도 했다.

「웬델른」은 처음으로 완성한 이야기는 아니었다. 지구에 살지만 인간은 아닌 존재들이 한데 모이는 '괴물들의 카페' 또는 '외계인들만의 카페'와 그곳에서 벌어지는 에피소드를 떠올려본 것이 시초였다. 〈스타워즈〉의 모스 아이즐리 술집과 비슷하지만 그보다 훨씬 더 점잖고 소박한 공간을 무대로 등장인물과 사건만이 계속 바뀌는 연작처럼 엮어보려는 생각이었다. 구상을 거듭하다 보니 각 에피소드의 상수인 카페 주인, 그의 몇 안 되는 친구와 단골들, 그리고 카페에 드나들며 밥을 얻어먹고 주인과 손님들의 사랑을 받는 길고양이 같은 동물에 대한 애착이 점점 커져갔다.

어느 순간 그 길고양이 같은 동물이 어떤 공간이든 자유로이 오가는 모습이 떠올랐다. 뒤이어 나는 카페를 열기 전 시점으로 거슬러 올라가, 지구에 떨어진 한 외계인이 정착해 있던 동료들의 도움을 받으며 점차 적응해가는 과정을 그리고 있었다. 맨몸으로는 지구환경을 버티지 못해 연금 상태로 있을 수밖에 없는 주인공과 우주의 어디든 마음껏 오갈 수 있는 동물이 이루는 대조가 무엇보다도 마음을 끌었다. 그것은 결국 방구석에 틀어박혀 있던 나와 내가 찾고 싶었던 희망에 대한 이야기였다.

끝으로 '웬델른'이라는 이름에 대해. 다 쓰고 나서 알게 되었는데 독일어에 'Wendel(벤델)'이라는 단어가 있었고 심지어 복수형은 'Wendeln'이었다. 뜻은 '나선', '코일'인데 공간 이동을 하는 동물 이름으로 기묘하게 어울린다고 생각했다. 웬델른의 외형은 해달과 비슷하다고 정했다. 해달은 전 우주에서 가장 사랑스러운 동물이기 때문이다. 다른 세계로 통하는 구멍으로 쏙 들어가버리는 해달의 모습. 우주공간이 마치 바다 위인 양 드러누운 채 이리저리 떠다니며 부지런히 털을 고르는 해달의 모습. 정말 사랑스럽지 않은가?

소설이라는 형식으로 처음 내놓는 내 이야기가 읽는 이들에게 어떻게 다가갈지 궁금하다. 꼭 이것이 아니더라도 그들의 마음에 오랫동안 남을 소설을 쓸 수 있다면 더 바랄 것이 없다.

두 개의 바나나에 관하여

이하루

2018년 제40회 샘터상 동화 부문에 「워킹팜」으로 가작을 수상했다. 2019년 경남신문 신춘
문예 시조 부문에 「바다에서 게를 뜯어내고」로 당선했다. 그 외 다수의 기획서적과 웹소설을
출간했다.

빗소리가 밤을 두드렸다. 잠을 자기 힘들었다. 가려움은 곰팡이처럼 습기를 좋아했다. 복용 방법 무시하고 약봉지 두 개를 뜯어 한꺼번에 입안에 털어 넣었다. 가려움을 방치하지 않았다는 위안이 목을 타고 넘어갔다. 의사는 무성생식을 한 사람들에게 흔히 나타나는 환상통이라고 말했다.

그건 팔이나 다리가 잘린 사람들에게 나타나는 증상 아닌가요?

대체로 그렇죠. 수술 등으로 장기가 적출된 경우에 나타나기도 하고….

그런 적 없는데요.

문진을 한 뒤 체온, 맥박 등의 기초적인 측정을 하는 동안에도 마주친 적이 없던 의사의 눈이 정면으로 부딪쳐 왔다. 차트 위에서 부지런히 움직이던 손도 멈췄다.

사람을 적출하셨잖아요.

굳이 거울을 보지 않아도 얼굴이 붉어졌다는 것을 알 수 있었다. 의사는 다시 문진표를 작성하기 시작했다. 사각거리는 연필 소리가 턱 밑에서 움직이는 면도칼 소리처럼 날카로웠다. 무성생식 반대론자들이 연필을 자신들의 상징으로 삼는다는 소문이 기억났다. 연필을 사용하는 모든 사람이 무성생식 반대론자일 리는 없었다. 무엇보다 이곳은 국가가 운영하는 국제 무성생식 메디컬 연구 센터였다. 발작처럼 가려움이 시작됐다. 목, 팔, 겨드랑이, 사타구니, 생식기까지 안 가려운 데가 없었다. 무좀에 걸린 것처럼 손가락 발가락 사이사이도 가려웠다.

딸이었어요? 아들이었어요? 아니면…

연필을 뺐었다. 의사가 소리치건 말건 신발과 양말을 벗어 던졌다. 뾰족한 연필심으로 발가락 사이를 쿡쿡 찔렀다. 긁힐 대로 긁혀 짓무른 살에 가해지는 통증이 시원했다.

의사는 전화기를 들어 남자 간호사를 불렀다. 그는 들어오자마자 연필을 빼앗고 진정제를 놓았다. 혈관 같은 건 찾지도 않고, 무작정 팔뚝 어딘가에 푹 찔렀다. 진정제의 효과는 빨랐다. 침대에서 맑은 정신으로 돌아오기까지 두 시간이 걸렸다. 예상보다 늦게 깨서 걱정했다고 진정제를 투여했던 간호사가 말했다.

간호사를 따라 '무성생식자' 전용 살균실로 향했다. 매번 그렇듯 유리통 안에 발가벗고 들어가 소독을 했다. 피부과에서 약을 처방받고 정신과까지 들른 후에야 무성생식 메디컬 연구센터를 나올 수 있었다. 정신과 의사는 먼저 가려움이 격심해지는 상황, 처방 약에 따른 몸과 정신의 변화 등 일반적인 것을 물어 왔다. 평소와 다른 질문이라면 내과 의사 앞에서 추태를 보인 이유를 물어본 정도였다. 연필과 달리 볼펜으로 적어나가는 차트에서는 아무런 소리도 안 났다.

이번이 세 번째 분열이었지요? 산후우울증 같은 겁니다. 분열이란 게 임신하고 비슷한 증상을 불러일으키기도 하니까요. 약을 처방해드릴 테니 복용하시고 마음을 편하게 가지세요. 자칫 우울증이 심해지면 앞으로 두 번 남은 분열에서 문제가 발생할 수도 있습니다.

정신과 의사는 무성생식 대신 분열이란 말을 사용했다. 정신과 의사다웠다. 정신과란 무성생식이 현실화되기 전에도 분열이란 단어와 친근한 곳이었으니까. 정신분열. 자아분열.

헌책방에서 발견한 백민석 작가의 소설을 읽고 재미 삼아 따라 해봤다는 인류의 첫 번째 무성생식자. 다른 명칭으로 '분열자'의 이름은 박재가였다. 어떤 이유에서건 '믿거나말거나박물지식 달걀 다이어트'를 시행한 사람은 있었겠지만 성공한 사람은 그, 한 사람뿐이었다. '믿거나말거나박물지식 달걀 다이어트'를 4주간 시행한 후 126킬로그램으로 몸무게가 늘어난 박재가는 62킬로그램과 64킬로그램의 거의 비슷한 몸무게를 가진 두 사람으로 분열했다.

이 일을 〈기상천외한 세상 이야기〉라는 오락 프로그램에 제보한 사람은 박재가 자신이었다. 방송국은 분열 과정이 담긴 비디오 영상을 검토하고 몇 번의 사전 인터뷰를 마친 뒤, 박재가의 출연을 결정했다. 그러나 방송국에서 기다리고 있던 것은 카메라가 아니라 국가 보안국 요원들이었다. 그는 질병관리 센터로 끌려가 모르모트처럼 각종 검사와 실험을 당했다.

시기가 달랐다면 박재가는 괴물로 낙인찍혔을 게 분명했다. 그러나 타이밍 좋게도 당시 인류는 저출산 문제로 심각하게 골머리를 썩고 있었고, 그런 상황은 그에게 행운으로 작용했다. 당시 인류의 출산율은 0.0063퍼센트. 말이 좋아 저출산이지 인류는 이미 불임의 시대로 접어든 상태였다. 인류는 멸종을 눈앞에 두고 있었다. 멸종의 원인은 핵전쟁도, 행성의 충돌도, 빙하기의 도래도 아니었다. 생식 그 자체였다. 국가 단위로 생식의 날이라는 휴일까지 지정해봤지만, 아무 소용 없었다. 즐거움이 아니라 오직 생식을 목적으로 섹스를 해도 임신에 성공하는 사람은 없었다. 남자들은 대부분 무정자증이었고, 여자들은 난자를 가지고 태어나지 못했다.

덕분에 박재가는 인류의 마지막 희망이라는 타이틀을 얻었다. 그에 대해 박재가가 어떻게 생각했는지는 모른다. 인류 생존의 무게를 감당할 만한 인간이었는지도 알 수 없다. 다만 그가 평화를 이끌어냈다는 점이 중요할 뿐이다. 각국의 정상과 연구자들이 인류의 소멸이라는 대명제 앞에서 이기심을 버리고 협력하기 시작한 것은 박재가라는 희망이 있기에 가능한 일이었다. 오직 박재가라는 한 사람을 연구하기 위해 국제 무성생식 메디컬 연구센터가 설립되는 데 이의를 제기한 사람은 아무도 없었다. 세계는 무성생식의 가능성에 집중했다. 박재가가 한국인인 덕분에 센터의 본진이 세워진 한국은 국제사회에서 처음으로 중심에 설 수 있었다.

박재가는 무성생식 연구센터에서 다섯 번의 분열을 하고 50세의 나이로 사망했다. 연구센터에 들어가기 전의 분열까지 합치면 총 여섯 번의 분열이었다. 35세의 나이로 연구센터에 따로 마련된 개인 거주지에 입주하기 전 인터뷰에 의하면 첫 번째 '분열된 자'는 자신과 똑같이 생긴 성인 남자였다고 한다. 연구센터에 들어간 후 시행된 분열에서는 차례로 20대의 여자, 10대의 남자, 어린아이, 갓난아기로 네 번 분열하고 마지막 분열에서는 인간이라고 볼 수 없는 형체의 미지 생명체로 분열했다. 일곱 번째는 실패였다. 분열 자체에 실패한 박재가는 분열을 위해 찌웠던 150킬로그램의 몸무게로 각종 성인병에 고통받으며 마지막 5년의 삶을 살았다.

박재가는 사망했지만 데이터는 남았다. 그 데이터를 바탕으로 연구자들은 무성생식의 성공 조건을 세워나갔다. 성인 남자는 조건과 상관없이 무성생식이 가능하며, 최대 다섯 번의 분열을 할 수 있다. 여섯 번째는 인간이 아닌 미지 생명체로 분열하는데 그것은 팔다리는 물론이거니와 눈, 코, 입, 귀 중 어느 하나도 제대로 형성되지 않아 핏빛 비곗덩어리 같다. 일곱 번째부터는 분열 자체에 실패할 가능성이 높다. 분열된 자의 연령은 분열이 지속될수록 점점 낮아지며, 성별은 꼭 분열한 자의 성을 따라가진 않는다.

연구자들이 박재가 데이터를 통해 해결하지 못한 질문 중 하나는 여성도 무성생식이 가능한가였다. 또한 무성생식이 가능한 나이는 몇 살부터 몇 살까지인지, 분열된 자 역시 분열자로서 기능을 수행할 수 있는 지 등등 아직 해결되지 못한 질문들이 산적해 있었다. 센터는 박재가의 성공사례를 홍보함으로써 무성생식 연구 지원자들을 모집했다. 당연하지만 이 과정에서 박재가의 죽기 전 모습 같은 것은 굳이 언급하지 않았다.

첫 번째 분열을 했을 때가 기억난다. 고통은 없었다. 물컹하지만 어느 정도 탄력을 가진 푸딩을 한 스푼 뜰 때 푸딩에서 숟가락을 거쳐 몸으로 전해지는 탄성의 감각이 있었을 뿐이다. 길게 이어진 그 감각 너머로 육체 내부에서 무언가가 빠져나가는 것을 느꼈다. 눈을 꼭 감고 있었다. 나로 인해 비롯된 존재가 궁금하기도 했지만 무섭기도 했다. 다리 한쪽이 세상으로 나오고, 팔 하나가 빠져나오고, 머리가 나오고… 이런 과정을 하나하나 목도하고 싶은 생각은 들지 않았다. 분열이 전부 끝난 후에 완벽한 형체로 마주하고 싶었다. 조금 후면 만나게 될 내 몸으로부터 분열된 존재를.

나의 첫 번째 분열된 자는 사람이 아니었다. 박재가의 데이터와 달리 첫 번째 분열에서 이상한 생명체가 태어났다. 설핏 본 그것은 블롭피쉬blobfish같은 질척거리는 피부와 분홍꼼치snailfish의 지저분한 분홍색을 가지고 있었다. 뭉개진 얼굴과 기형적으로 짧은 팔 다리를 파닥거리며 바닥을 기어 움직이는 것이 내 몸에서 비롯되었다는 것을 인정할 수 없었다. 감당할 수 없는 공포가 신의 손에서 던져진 1,000톤의 망치처럼 달려들었다. 움직일 수 없었다. 비명을 지르고 싶었지만 소리가 나오지 않았다. 순수한 묵음의 공포가 몸 안에 쌓였다. 차올랐다. 그런 내가 다른 사람들의 눈에 어떻게 보일지 몰랐다. 여상해 보였을까. 연구자들은 서로 속닥거리며 무언가를 기록하고 있었다.

미스터 박의 데이터로는 역시 충분하지 않았던 모양이군요. 첫 번째 분열에서 이런 일이 발생하다니 보기 드문 케이스네요. 미스터 박의 분열된 자들 중에서도 이런 적은 없었지요, 아마.

그들의 말은 나를 비참하게 만들었다. 분열조차 제대로 못 하는 사람이라니. 세상에 별 소용이 없는 잉여인간이 된 것 같았다. 연구센터에서 쫓겨날까 봐 겁이 났다. 첫 번째부터 온전한 분열에 실패한 나를 그들이 과연 필요로 할까. 당장 최신 가전제품이 빌트인 된 아파트를 나가야 될지도 몰랐다. 다시 편의점 야간 알바로 돌아가 밤낮이 뒤바뀐, 남들은 집에서 나올 때 혼자 집으로 들어가는 나날로 돌아가고 싶지는 않았다. 그건 더운 여름날 차가운 콜라를 마시는 사람들 사이에서 혼자서만 미지근한 콜라를 쥐고 있을 때처럼 고독한 일이었다. 대부분의 사람이 지하철 역 방향으로 나아갈 때 혼자서 반대 방향으로 걸어 집에 도착한 뒤, 씻지도 않고 침대로 직행해 누워서도 기울어지는 법을 배우는 것이었다.

그러나 우려와 달리 새로운 케이스에 속한다는 이유로 오히려 집중 케어를 받았다. 그 덕분인지 1년 정도의 휴식기를 가진 후 시행된 두 번째 분열에서 태어난 분열된 자는 온전한 상태의 10대 소녀였다. 연예인을 해도 될 만큼 예쁘장한 소녀. 소녀는 나와 격리됐다. 연구자들은 분열자와 분열된 자가 함께 있으면 위험한 상황이 발생할 수도 있다고 생각했다.

실제로 그런 일이 있었다. 무성생식 센터에 입주하고 8개월 정도 지났을 무렵이었다. 한 남자가 센터의 중앙 로비에서 자신과 똑같은 모습으로 태어난 분열된 자를 살해했다. 그 전까지 매우 다정한 모습으로 목격되던 두 사람이었기에 아무도 예상 못 한 일이었다. 살해 이유는 알려지지 않았다. 다만 분열된 자를 난자한 칼을 들고 미친 듯이 웃고 있던 남자는 선명하게 기억난다.

그는 이렇게 외쳤다.

나는 나를 죽였다!

나는 죽어도 죽지 않는다!

하얀 바닥에 똑똑 떨어지던 핏방울은 붉디 붉었다. 바퀴벌레처럼 몰려든 센터 경비원들에 의해 남자는 조속히 제압돼 어딘가로 끌려갔고, 그 이후 남자가 어떻게 되었는지는 모른다. 다른 연구센터로 옮겨져 분열을 계속한다는 얘기도 있고, 정신병원에 감금됐다는 소문도 있었다.

반대로 아이가 태어난 경우 마치 부모라도 되는 것처럼 애착 관계를 형성한 사람도 있었다. 자신을 닮은 분열된 자를 안고, 빨고, 어르고, 달래는 분열자. 그 모습을 보고 있자면 알 수 없는 불편함이 차오르기도 했다. 달리의 일그러진 세상 속에 들어와 있는 것 같아 찬물을 벌컥벌컥 마셨다. 나는 어릴 적 내 모습과 똑 닮은 분열된 자를 아무 거리낌 없이 품에 안을 자신이 없었다. 한 사람에게서 비롯된, 시간의 더께가 다르게 내려앉은 두 얼굴이 같은 시간대에 놓이고 동 시간을 활보한다라는 것 자체를 수용하기 어려웠다. 늙은 얼굴로 바라본 거울에서 젊은 자신이 비치는 것과 같은 기분이 느껴질까. 그 기분이란 어떤 것일까. 나는 나를 사랑할 수 있을까. 감정은 추측되지 않았다.

분열자를 위해서도 분열된 자를 위해서도 좋을 것 같지 않았다. 분열된 자는 분열자의 과거를 비추는 거울도, 분열자의 복제품도 아니다. 새로운 인격체일 뿐이다. 단지 부모라고 불리는 존재가 없는. 그렇다면 분열자와 분열된 자의 관계란 어떤 것일까? 부모와 자식 간이 아닌 건 분명했다.

소녀를 다시 본 것은 내가 세 번째 분열을 앞두고 115킬로그램의 몸으로 센터 병원에 입원해 있을 때였다. 우연히 복도에서 마주친 소녀는 내게서 분열되었을 때와 달리 120킬로그램의 거구가 되어 있었다. 소녀는 나를 알아본 듯 알아보지 못한 듯 스쳐 지나갔다. 소녀를 뒤로 흘려보내며 아주 잠시, 아직 분열을 시작하기에는 이른 나이가 아닌가 하고 생각했다. 외모와 상관없이 분열된 후 세상에 발을 디딘 햇수로 나이를 계산한다면 소녀는 이제 겨우 두 살이었다.

가려움이 시작된 건 그때부터다. 이후 다섯 번째 의무 분열을 마치고 센터의 아파트를 나온 후에도 가려움은 사라지지 않았다.

시계는 정오를 가리켰다. 날씨가 좋은 날, 이 시각이 되면 가끔 책을 들고 무성생식 연구센터 내 아파트 옥상정원으로 향했다. 입주자들의 심리적 안정이라는 목적으로 조성된 옥상정원에서는 센터는 물론 센터 안에 조성된 공원 등 모든 것이 잘 보였다.

센터 옥상으로 시선을 돌렸다. 센터 옥상에는 비치 의자가 죽 늘어서 있었다. 센터에 근무하는 사람들이 하나둘 모습을 드러냈다. 그들은 마치 수영장에 온 것처럼 수영복 차림으로 비치 의자에 누웠다. 비치 의자는 순식간에 다 찼다. 공원을 포함한 센터 부지 여기저기에도 사람들이 나타나 비치 의자를 펴고 몸을 뉘었다. 모두 식물화한 사람들이었다. 온몸에 광합성이 가능한 나노 칩을 이식한 사람들은 식물처럼 광합성으로 영양을 보충했다. 몇 개의 알약만으로 음식을 섭취할 필요가 없어진 그들은 모두 날씬하고 아름다웠다. 막대한 돈과 등가 교환된 행복을 누리는 사람들. 태양의 혜택조차 빈부의 격차 위로 차별의 얼굴을 쓰고 나타나게 만드는 능력은 놀랍기만 했다.

그러나 수십 명, 어쩌면 수백 명의 사람이 같은 시간, 비슷한 모습과 자세로 햇빛에 온몸을 드러내고 누운 모습은 꽤 이상했다. 햇빛을 향해 일제히 돌아눕는 모습은 그들을 식물로 보이기보다는 한데 모여 있는 개미 알이나 애벌레를 연상시켰다. 지금 눈앞에서 벌어지는 저 광경이 전국 모든 도시에서 일어나고 있다고 생각하면 온몸에 소름이 돋기도 했다. 지구상의 같은 시간대에 사는 수백만, 수천만의 사람들이 일제히 같은 행동을 한다는 것은 아무리 생각해도 정상으로 보이지 않았다. 위도와 경도에 따라 위치를 바꿔가며 도미노처럼 차례대로 일어나는 전 인구의 광합성이라니….

2시 정각이 되자 센터 중앙에서 클래식이 연주됐다. 점심시간이 끝났다는 신호다. 읽던 책을 접고 일어나 마지막으로 비치 의자에서 몸을 일으키는 사람들을 보고 옥상을 내려갔다.

무성생식 연구센터에 들어온 뒤부터 문장을 사는 소비 습관이 생겼다. 블랙마켓에서만 열리는 문장 시장은 미래 덕에 오래전부터 알고 있었다. 대학 동창인 미래는 부잣집 딸로, 놀라울 정도의 문학적 재능을 가진 아이였다. 그러나 정작 미래에겐 재능을 활용해야만 할 아무 이유가 없었다. 그저 무위도식하는 죄책감에서 벗어나기 위해 문장을 파는 친구였다. 무성생식 연구센터의 지원자 모집을 알려준 것도 미래였다.

연구 기간 동안 연구센터 내 거주자 아파트 입주 보장 및 매달 300만 원의 생활비 지급. 한 번 분열할 때마다 나오는 성과급

1,000만 원. 총 다섯 번의 분열 후 연구센터를 나갈 때 보장되는 1억 원과 지원자 소유의 주택. 식물화에 필요한 경비 부담.

지원자에 대한 보상을 설명한 뒤 미래는 내게 딱 알맞은 일이라며 부추겼다.

너 돈 필요하잖아.

오늘의 문장을 클릭했다. 익숙한 아이디가 올린 문장을 샀다. 이제 이 문장의 저작권은 나의 것이 되었다. 이 문장을 소설에 넣을 수 있는 권리도, 프리미엄을 받고 되팔 권리도 내 몫이었다. 다른 누군가 이 문장을 쓰면 표절로 소송을 걸 수도 있다.

새로 구입한 문장을 문장 폴더에 집어넣기 전, 입안에 넣고 살살 굴렸다. 처음에는 갓 만들어진 솜사탕처럼 풍성한 조형미를 깨트리기 싫어 혀만 살짝 갖다 댔다. 닿을락 말락 조심스럽게. 그러다 이내 껌처럼 씹어 봤다. 사탕처럼 빨아 먹다가 깨물어 보기도 했다. 문장에서 요철이 느껴지지 않았다. 꽤 그럴싸한 문장을 산 것 같았다.

마지막으로 문장을 한 번 더 소리 내어 읽어보고 포스트잇에 옮겨 썼다. 냉장고에 붙였다. 냉장고에는 100여 개에 가까운 메모들이 붙어 있었다. 메모를 지탱하는 셀로판테이프가 누렇게 변색되어 있는 것이 보였다. 어떤 메모에는 셀로판테이프가 덕지덕지 붙어 있었는데, 떨어질 때마다 몇 번을 다시 붙인 것이다. 종이가 찢기거나 글자가 번져 알아볼 수 없는 것도 있다. 그냥 뒀다. 냉장고를 점령한 문장들은 음식보다 빨리 상해가고 있었다.

빗속을 뚫고 흙으로 포장된 공원을 지나 편의점으로 향했다. 발자국이 깊게 찍혔다. 도저히 55킬로그램의 몸무게를 가진 사람의 발자국으로는 볼 수 없는 깊이였다. 신발의 발등 부분까지 진흙이 올라와 흔적을 남겼다. 분열자의 발자국은 분열된 자의 몸무게를 합친 것처럼 분열할 때마다 깊어진다. 몸무게의 수치와는 다르게 찍히는 발자국의 깊이. 왜 이런 일이 발생하는지는 연구자들도 몰랐다. 몸보다 무거운 발자국이 따라왔다. 발자국에서 도망치듯 걸음을 빨리했다.

편의점에 도착하자 익숙한 얼굴들이 보였다. 그들은 약속이나 한 듯이 식물화 코너 앞에 서 있었다. 광합성을 통해 보충하지 못하는 영양을 보조해주는 약과 생수, 단 하루 식물화를 체험해볼 수 있는 일회용 광합성 약물 등이 진열되어 있었다. 같은 층에 사는 남자가 일회용 광합성 약을 손에 들고 이리저리 살펴보았다. 기억이 맞는다면 마지막 분열을 앞두고 있을 터였다. 식물화의 여부를 결정해야 할 때도 머지않았다.

나트륨이라고 적힌 약통을 집어 들었다. 역시 식물화를 하더라도 인간은 완벽한 식물이 되지 못하는 모양이다. 식물은 뿌리를 내려 대지를 통해 염분과 무기물도 흡수할 수 있겠지만 인간은 그럴 수 없다. 그럴 수 있다 해도 인간이 과연 식물처럼 고정된 삶을 선택할 것이라고는 믿을 수 없다. 식물은 바라보는 모든 것을 바라만 보고 있는 존재지만 인간이란 바라보는 것에 그치지 않고 손을 뻗어야만 직성이 풀리는 본성을 가지고 있으니까. 욕심에 정체는 없다. 언제나 앞으로 나아간다.

　그 소식 들었어? 요즘 식물화한 사람들 중에 약쟁이들이 늘고 있대.

　네 번째 분열을 앞두고 있을 때 미래의 전화를 받았다. 무성생식 연구센터에 들어올 계기를 만들어준 미래는 그에 대한 책임을 느끼는 듯 종종 전화를 걸어 왔다.

　약쟁이? 마약을 말하는 거야?

　마약은 아닌데 효과는 마약과 비슷하다나 봐.

　그게 뭐야? 그런 것도 있어?

　그러니까…로 시작된 친구의 설명은 꽤 길었다. 대충 정리해 보면 식물화한 사람은 음식을 먹을 필요가 없다. 그렇다고 미각이 퇴화하는 건 아니다. 오히려 갓 태어난 아이나 유명한 셰프의 혀보다 예민해진다. 식물화를 하고 음식을 오래 입에 대지 않은 사람일수록 더욱 그렇다. 그렇게 예민한 혀에 우연이라도 먹을거리가 닿으면 마약과 같은 효과를 발휘한다는 것이다.

　말도 안 돼. 그게 가능해?

　가능하다니까. 내 주변에도 이미 중독된 사람이 있어. 소문이 퍼지면서 일부러 식물화한 사람도 점점 많아지는 추세야.

　뭐, 진짜 마약을 하는 것보다는 낫네.

　그렇게 생각할 일이 아니지. 마약이야 하는 사람만 하지 일반 사람이 평생 마약에 가까이 갈 일이 있어? 하지만 음식 섭취는 누구나 원하기만 하면 언제든지 할 수 있는 거잖아.

친구의 말에는 약간의 어폐가 있었다. 세계는 식량난에 시달리고 있었다. 인간만 생식에 문제를 겪고 있는 것이 아니었다. 지구상의 모든 생명체가 작정이라도 한 듯이 번식을 멈추고 있었다. 혹자는 그것이 인간이 만물의 영장이라는 증거라고 말하기도 했다. 인간에게 맞춰 지구의 시스템이 설계되어 있다는 말도 안 되는 주장.

당연히 식량 값은 폭등했다. 값비싼 식물화를 할 수 없는 사람들은 식량을 구하기 위해 끊임없이 일을 해야 했다. 식물화를 통해 아름다움을 쟁취하는 사람도, 음식을 마음껏 먹는 사람도 정해져 있는 세상.

그런가? 그래도 잘 이해가 안 가네. 기껏 비싼 돈 들여 식물화해서 왜 음식을 다시 먹는 거야? 다시 살이 찔지도 모르는데. 그게 그렇게 기분 좋나?

만약 머랭을 먹는다고 쳐봐. 일반 사람이야 머랭을 먹으면 참 부드럽구나 정도로 끝나겠지만 식물화한 사람은 수백 배, 수천 배의 부드러움을 느끼는 거야. 그 감각은 어떤 감각일까? 기분은 어떨까? 무식하게 많이 먹을 필요도 없어. 단 한 스푼이면 돼. 각설탕 하나, 과일 한 쪽, 우유 한 모금 그 정도로도 정신적 자극이 충분해. 다시 살이 찔 염려는 없고 기분은 하늘을 날아다니는 거지.

그러다 예전처럼 삼시 세끼 다 챙겨 먹을 수도 있는 거 아냐? 식욕이란 게 그리 만만한 게 아니잖아.

그거야 지 팔자지.

혹시 너도 해본 거 아냐? 어떻게 그렇게 자세히 알아?

미래는 솔직히 자신도 몇 번 경험해봤다고 털어놨다. 하지만 이젠 안 한다고 했다. 쓸데없이 예민해지면서 동시에 몽롱해지는 게 자신의 스타일은 아니란다. 몇 초인지 몇 분인지 알 수 없는 시간, 기억이 소실되는 것도 기분 나쁘다고 했다. 다시는 안 하겠다는 약속을 받아내고 전화를 끊었다.

살인사건이 일어났다. 5년 전 식물화를 했던 남자가 무성생식을 시도하는 과정에서 발생한 일이었다. 분열을 위해 살을 찌우는 과정에서 오랫동안 입에 대지 않았던 음식을 남자는 섭취했다. 음식은 남자에게 마약이나 마찬가지였다. 정신이상 증세가 발견되었고, 무성생식은 중단됐다. 남자는 다시 식물화 상태의 생활로 돌아가야 했다. 이를 위해 연구자들이 음식 섭취를 금지했지만, 너무 늦은 일이었다. 음식에 대한 금단증상으로 인해 폭력성을 보이던 그가 급기야 연구원을 살해한 것이다.

식물화와 무성생식이 원인이 되어 발생한 살인은 흔하지 않았다. 연구센터는 또다시 안전을 위협받았다. 갑자기 터진 둑처럼 제법 평온하던 일상이 깨졌다. 충격을 받은 사람들이 밤마다 총성 같은 비명을 내지르기 시작했다. 재장전이 필요 없는 연발 권총이 발사된 것처럼 비명은 한 번에 끝나지 않았다.

이 사건은 통제의 밧줄을 끊고 크게 보도됐다. 터질 것이 터질 것인지 기다렸다는 것처럼 식물화된 사람의 분열, 무성생식의 위험성이 공론화되기에 이르렀다. 시간이 걸렸지만 결국 '무성생식 기준법'이라는 국제적인 법률이 만들어졌고, 식물화를 한 사람은 무성생식이 금지되었다. 그리고 모든 무성생식은 철저하게 국가의 주도하에 국제 무성생식 메디컬 센터를 통해 이루어져야 한다는 점을 명문화했다. 일부 국가의 통제력이 강한 나라에서는 분열자가 되어 5명의 분열된 자를 탄생시키지 않으면 식물화를 금지하는 법안이 국회에 올라갔다.

UN 산하 기아대책기구와 난민대책기구는 이달 말부터 식량난에 시달리는 아프리카와 난민 지구에 식량 지원 대신 식물화 지원을 시작한다고 발표했습니다. UN 대사는 이 정책으로 보다 효율적인 기아 및 난민 구제가 이루어질 것이며, 매년 기아로 사망하는 인류에 희망이 될 것이라고 전했습니다. 우리나라의 보건복지부 역시 기초생활수급자의 복지정책으로 분열의 의무를 지지 않는 식물화 정책을 검토하고 있는 것으로 알려졌습니다. 지난달 수원시 반지하 방에서 기아로 사망한 모녀를 비롯하여 많은 저소득 가정들이 급등하는 식자재 가격으로 인해 식량 조달에 어려움을 겪고 있는 상황을 반영한 것으로 보입니다. 그러나 일부 진보정당과 진보인사들은 이에 반발하고 있습니다. 부익부 빈익빈 현상이 종족 보전의 기회 평등마저 박탈할 수는 없다는 것이 그들의 주장입니다.」

미래가 자신도 얼마 후에 무성생식 연구센터에 들어올 것이라는 말을 한 것은 TV를 보고 있을 때였다.

이대로 대가 끊기는 것은 두고 볼 수 없다잖아. 나는 괜찮은데 말이야.

네 번째 분열을 앞두고 복통이 심해질 경우를 대비해 중환자실에 입원해 있었다. 첫 번째 분열에서 괴생명체를 탄생시킨 경험이 있었기에 불안감이 심했다. 의지할 사람이 없었기에 미래를 불렀다. 미래는 흔쾌히 병실을 찾아와 보호자 역할을 충실히 흉내 내주었다.

식물화를 한 사람은 무성생식을 못 하는 것 아냐?

돈이지 뭐.

무심하게 던지는 미래의 말이 까슬거렸다.

이건 너한테만 말해주는 건데, 보건복지부 장관 아들도 여기 들어와 있는 것 같아. 그리고 아마 조만간 국회에서 법률이 통과될 거야. 철저한 통제하에 식물화한 인간의 무성생식을 일부 허용하는 법이. 당연한 것 아니겠어? 이미 식물화했다는 이유만으로 분열을 통한 종족 보존의 가능성에서 배제된다니 너무 불공평하잖아.

그날 밤 네 번째 분열이 시작됐다. 예정보다 며칠 앞선 분열이었다. 자고 있는데 미래의 비명 소리가 들려 잠에서 깼다.

이게 뭐야!

잠든 사이에 시작된 분열 때문에 몸에서 발 하나가 빠져나와 있었다. 분열을 해본 적도, 목격한 적도 없는 미래는 충격을 받은 듯했다. 그런 미래를 달랜 것은 산고가 시작된 나였다. 이상한 우월감에 고통도 잠시 잊었다. 이번만은 미래보다 앞서 있는 것 같았다.

놀라지 마. 원래 이런 거야. 그만 소리치고 의사 좀 불러줘.

침대 머리맡에 긴급 호출 버튼이 달려 있음에도 미래를 시켰다. 덜덜 떨리는 손으로 버튼을 누르는 그녀를 바라보며 산고의 고통을 흉내 냈다. 네 번째 분열된 자의 팔 하나도 빠져나왔다. 시선을 떼지도 돌리지도 못하고 바닥에 무너져 내리는 미래가 보였다.

그 순간 알 수 있었다. 그녀는… 미래는….

10대 사내아이를 분열한 후 돌아온 병실에 미래는 없었다.

다섯 번의 분열 후 센터가 마련해준 집과 2억에 가까운 돈이 들어있는 계좌를 손에 쥐게 되었다. 금액을 확인한 후 화려하진 않지만 단아해 보이는 단층집 창문 앞에서 한동안 멍하니 창밖을 내다봤다. 센터에서 지낸 10여 년의 세월 동안 세상에는 약간의 변화가 있었다. 전 인구의 50퍼센트가 범인류적인 공조에 의해 식물화됐다. 분열자 정책에도 변화가 생겼다. 초기와는 달리 분열자가 되기 위해선 엄격한 기준과 심사를 통과해야만 했다. 불확실한 인류의 미래를 위해 우선적으로 우성인자를 가진 자에게 분열을 통한 무성생식의 우선권을 주었다. 아이큐, 체력, 재산, 재능 등이 검토되었다. 전 세계 약 20퍼센트 인간이 분열자로 활동하는 중이다. 식물화도 안 하고 분열자도 되지 않은 무리 역시 존재했다. 여전히 자연생식의 가능성을 믿고 있는 자들. 오직 인류만 멸망하지 않아야 한다는 것은 오만한 생각이라고 믿는 사람들이 그 속에 속해 여러 가지 활동을 벌였다.

그들의 주장이 맞을지도 모른다. 분열자로 인해 인류의 멸망에 희망이 생기긴 했지만 완벽한 대책은 되지 못했다. 그동안의 연구 결과에 의하면 분열된 자가 분열할 경우, 기존 다섯 번의 분열이 아닌 네 번의 분열에만 성공했다. 이처럼 분열 2세대는 분열 1세대 보다 분열 가능 횟수가 줄어들었으며, 확률도 떨어졌다. 결국, 인류의 멸망은 해결된 것이 아니라 잠시 유보된 것이다.

그래도 무성생식자 분열은 인류의 멸망을 꽤 긴 시간 뒤로 밀어내는 효과가 있는 것은 분명했다. 그동안 인간들이 또 어떤 탈출구를 발견할 수 있을지는 아무도 모르는 일이다. 지구에 인간이 얼마 안 남았을 무렵에는 불로불사의 방법으로 인간 종족을 보존할 수 있을지도 모른다. 그때가 온다면 현재 인류에게도 멸망할 권리가 있다는 캐치프레이즈와 연필을 상징으로 삼는 무성생식 반대론자들은 어떤 선택을 할까. 불로불사까지 반대할지 의문이다.

아직 인류는 분열 3세대까지밖에 경험하지 못했다. 어쩌면 내일 당장 분열 4세대의 분열 가능성이 없다는 소식이 들려올지도 모른다. 임신이 약속이나 한 듯 전 세계적으로 멈춘 것처럼 분열 역시 어느 날 갑자기 멈출 수도 있다. 미래는 여전히 불투명했다.

어쨌든 그 모든 일은 나와는 상관없는 일이다. 적어도 내 눈으로 인류의 마지막 모습을 확인할 일은 없으리라 생각한다. 지금은 그걸로 됐다. 운이 좋았는지도 모른다. 엄격한 심사가 시행되기 전 분열자가 되었으니까. 초기 분열자의 혜택에 의해 강제 식물화에 징집되지도 않았다. 나는 선택할 수 있었다.

계좌 내역을 확인해보니 이번 달에도 역시 200만 원의 돈이 들어와 있다. 입금자의 이름이 내 이름과 같다. 소설가가 된 나의 세 번째 분열된 자다. 나와 똑같은 모습을 했던 여자. 나는 그 여자의 연락처를 모른다. 그 여자가 어떻게 내 계좌번호를 알아냈는지도 알 수 없다. 왜 나와 같은 이름을 사용하는지도. 작년에 나와 같은 이름과 얼굴을 한 여자가 소설을 발표한 것을 알뿐이다. 소설 속엔 내가 냉장고에 덕지덕지 붙여놓았던 메모 속 문장들이 빠짐없이 들어가 있다.

아메리카노를 시키고 주변을 구경한다. 한 테이블에 시선이 붙잡힌다. 비슷한 얼굴을 한 다양한 연령대의 5명의 남녀가 앉아있다. 최근 들어 분열자와 분열된 자가 새로운 가족을 형성하고 있다는 얘기를 들었다. 분열자와 분열된 자의 만남을 저지하던 정책도 바뀐 후다. 얼마 전 국내 굴지의 그룹 회장과 그를 빼다 박은 그의 분열된 자가 회의석상에 같이 나타나기도 했다. 같은 얼굴, 비슷한 얼굴의 인물들이 한 회사, 한 학교에 다니는 일은 더 이상 드문 일이 아니다. 길을 가다가 방금 지나친 사람을 또 만나기도 한다. 어느 날 나는 또 다른 나에게 인사를 건네고 있을지도 모른다. 그런 순간을 상상하면 이상한 기분이 든다.

밥 대신 햇빛을 섭취하는 사람들을 쳐다보지 않으려고 노력한다. 식사 시간을 방해하고 싶지 않다. 거대한 쇼핑몰의 전광판에서는 오늘의 뉴스가 흘러 나온다.

정부는 UN이 권장한 식물화한 인간의 인권 권고안을 받아들여 낮 12시부터 2시까지를 시에스타 시간으로 공식 지정한다고 발표했으며 시행 시기는….

경찰은 불법으로 무성생식을 통한 분열을 시행해온 강남의 XX 다이어트 센터를 압수수색 했다고 발표했습니다. 경찰에 의하면 현재 국가가 지정하는 병원에서만 시행할 수 있는 무성생식을….

지하 1층 식료품 매장으로 내려간다. 무분별한 대량생산과 무성생식으로 멸종을 눈앞에 뒀다고 알려진 바나나가 보인다.
이 세상 마지막 캐번디시 바나나.
캐번디시 바나나를 먹을 수 있는 마지막 기회!
최근 들어 많은 식품들이 이런 홍보 문구를 달고 나온다.
바나나를 집어 들었다. 소리가 들렸다. 병아리가 달걀을 깨고 나올 때 같은 미세하지만 침착하고, 불균하지만 한 세상이 부서지는 소리. 소리의 근원은 쉽게 찾아졌다. 바나나였다.

지켜보았다. 바나나에서 바나나가 탄생하는 것을.

그것이 시작이었다. 샌드위치가 샌드위치를, 라면이 라면을 분열하고 있었다. 냉장고가 문을 열어 냉장고를 토해내고, 자동차가 산고를 앓듯 엔진 소리를 드높이더니 자동차를….

거리에서도 마찬가지였다. 편의점이, 빌딩이, 둘로 쪼개지며 그 옆에 쌍둥이 건물을 세웠다.

식물화된 사람들에게는 뿌리가 생겼다. 땅으로 뻗어나간 뿌리에서 나무가 자라듯 사람이 자라났다.

하늘에 두 개의 달이 떴다.

지구가 지구를 낳았다.

잠이 많다. 인간이 이렇게 게을러도 될까 싶을 정도로 게으르다. 대부분의 시간을 집에서 보내고, 움직여봤자 집 주변을 배회할 뿐이다. 그래도 버스 타고, 지하철 타고 외출할 일은 생긴다. 사람도 만나게 된다. 그렇게 어쩌다 사람을 만나 말을 많이 하면 발걸음이 무거워진다. 시간에 담그지 않고 순간순간 흘러나온 말들의 무게가 뒤늦게 후회로 쌓이는 것이다.

그런 점에서는 말보다는 글이 시간의 혜택을 받는 것 같다. 글이란 길건 짧건 말보다는 숙고의 시간을 가지고 탄생하니까.

문제는 그 시간이 그리 즐거운 시간은 아니라는 점이다. 늘 두통과 스트레스, 심리적 고통으로 시간을 물들여야 하얀 여백의 종이가 채워져 나간다. 종이가 채워지는 시간은 언제나 생각보다 느리고, 그래서 애가 탄다.

「두 개의 바나나에 관하여」도 비슷한 과정을 거쳐 완성된 글이다. 쉽게 쓰였으면 좋으련만 쉽게 쓰진 못했다. 그 결과가 만족스럽냐면 그렇지는 못하다. 좀 더 잘 썼다면 좋았겠지만, 어쨌든 지금으로서는 내 나름의 최선의 결과물이다. 현재 내가 서 있는 자리일지도 모른다.

자신의 좌표를 내보이는 일은 두렵고 설레는 일이다. 내가 공식적으로는 처음으로 세상에 내보내는 소설과 눈을 맞추는 독자들을 기다리고 있을 뿐이다. 대단한 소설이 아니므로 대단한 반응은 없겠지만 한 가지 바라는 점은 있다. 「두 개의 바나나에 관하여」가, 읽는 동안 독자에게 소소한 재미를 주는 글이었으면 좋겠다. 그게 문장의 재미든 이야기의 재미든 그 어떤 재미라도 말이다.

개인적으로도 재미있는 글을 좋아한다. 책을 많이 읽지는 못하지만 책을 읽는 행위는 즐거운 일이라고 생각한다. 어떤 놀이보다도.

그런 면에서 앞으로도 재미있는 글을 쓰고 싶다. 내가 쓴 글이 읽는 사람들에게 기분 좋은 유희가 될 수 있도록.

봄이다. 미세먼지 경보가 쉴 틈 없이 찾아오는 봄. 아마도 앞으로 우리는 이 미세먼지가 일상이 되는 삶을 살게 될 것이다. 그래도 밤이 오면 달은 좀 잘 보였으면 좋겠다. 달까지 잃어버리고 싶지는 않다.

아니, 내가 언제까지나 하늘을 쳐다보고, 달을 바라보는 일을
잊지 않는 사람이었으면 좋겠다.

제3회 한국과학문학상 수상작품집

© 이신주·황성식·길상효·김현재·이하루, 2019. Printed in Seoul, Korea

초판 1쇄 찍은날 2019년 4월 8일
초판 2쇄 펴낸날 2021년 10월 27일

지은이	이신주·황성식·길상효·김현재·이하루
펴낸이	한성봉
편집	안상준·하명성·이동현·조유나·박민지·최창문·김학제
디자인	전혜진·김현중
마케팅	이한주·박신용·강은혜
기획홍보	박연준
경영지원	국지연·지성실
펴낸곳	허블
등록	2017년 4월 24일 제2017-000050호
주소	서울시 중구 소파로 131 [남산동 3가 34-5]
페이스북	www.facebook.com/dongasiabooks
인스타그램	www.instagram.com/dongasiabook
전자우편	dongasiabook@naver.com
홈페이지	https://hubble.page/
트위터	twitter.com/in_hubble
전화	02) 757-9724, 5
팩스	02) 757-9726

ISBN   979-11-960902-9-6   03810

이 도서의 국립중앙도서관 출판예정도서목록(CIP)은 서지정보유통지원시스템
홈페이지(http://seoji.nl.go.kr)와 국가자료공동목록시스템(http://www.nl.go.kr/kolisnet)에서
이용하실 수 있습니다.(CIP제어번호: CIP2019013440)

허블은 동아시아 출판사의 SF 브랜드입니다.

※ 잘못된 책은 구입하신 서점에서 바꿔드립니다.

만든 사람들

책임편집	김학제
크로스교열	안상준
표지디자인	워크룸
본문디자인	전혜진